헬로
Hello
미스터
Mr.
찹

전아리 장편소설

나무옆
이자

전아리라는 소설가의 글을 꽤 오랫동안 지켜봐온 한 사람으로서(그녀가 청소년이던 시절, 잠시 머물던 문예 잡지의 편집위원으로서 그녀에게 소설 연재를 의뢰한 적이 있다) 나는 그녀의 소설이 꽤 조숙하다는 느낌을 일찍부터 받아왔다. 아마도 그것은 그녀가 고통이라는 주제에 대해 남보다 일찍 눈을 떴기 때문일 것이라고 생각했다. 그러면서도 나는 그러한 생채기가 본인에게 너무 오래 머물러 있지 않기를 바라온 것도 사실이다.(작가가 되고자 하는 자에게 그것을 바란다는 것은 또한 얼마나 어리석은 기갈인가?) 당연하게도 나는 그녀가 만들어내는 산천어들의 방향을 멈추게 하지 못했을 것이다. 성장을 멈추고 그곳에서 아플 때까지 아프겠다는 한 소녀의 언어들은 그사이 독자들에게 성장에 관한 매혹적이면서도 유려한 미궁들을 보여주었을 테니까. 이 책을 읽으며 나는 그녀가 여전히 고집스럽게 머물러 있거나 여전히 자신도 모르게 어딘가로 건너가고 있다는 느낌을 받았다. 이 소설은 바슐라르적인 몽환으로 가득하다. '물과 꿈'에 대한 한 편의 몽상록처럼 이 소설은 고백으로 이루어진 물목들이다. 아시는 분들은 다 알겠지만 전아리만큼 성장통에 대해 이토록 솔직하면서도 고개를 끄덕이게 하는 '소설적 연애'를 시도하는 작가는 드물다. 그녀가 만드는 세상이 다다를 수 없는 나라여서 다행이다.

김경주(시인, 극작가)

사랑스럽지만 종종 머릿속이 하얘질 만큼 발칙한 유머, 예고 없이 급소를 강타하는 뜻밖의 페이소스. 전아리 소설이 '미스터 칩'을 빼닮았다고 느끼는 건 나뿐일까? 세상의 무거움을 혼자 짊어지고 있다는 포즈도, 성장이나 올바름에 대한 강박도 없이 그저 정직하게 깔깔거리고 눈물을 머금어가며 '웃픈' 현실 속을 또박또박 걸어가는 젊음들의 일기. 때로는 너절하고 때로는 눈부시지만 무엇보다 꾸밈없는 방식으로 피로를 풀어준다는 게 이 소설의 가장 큰 장점이다. 하루의 끝, 푹신한 소파에 기대 절친과 전화로 하염없이 수다를 떨면서 마시는 차가운 맥주 한 캔처럼 편안하고 부담이 없다. 처음엔 그 4차원적인 기발함으로, 다음엔 능수능란함으로 놀라움을 주던 이 작가가 도착한 경쾌한 리얼함이 나는 부럽다.

윤이형(소설가)

차 례

사신노 모르게 열린 문 사이로 행복이 스며들 때가 있다.

– 존 배리모어

5. 30

오늘은 내 스무 살 생일이다. 어머니가 돌아가시고 열흘이 흘렀다. 곧잘 집에 찾아오던 삼촌은 돌연 외국 여행을 떠났다. 빈 집 안이 너무 조용하다. 친척들에게서 안부를 묻는 전화가 왔다. 은행 잔고를 확인하고 돌아오는 길에 강아지를 한 마리 샀다. 연한 커피색 털에 주둥이가 까만 강아지다. 사과 박스 안에 강아지를 넣고 팔던 할머니는 강아지가 크면 털이 우유처럼 하얗게 변할 거라고 했다. 얌전하게 품에 안겨 있던 강아지가 집에 도착하자마자 짖어대기 시작했다.

윤식이가 케이크를 사다 주고 갔다. 윤식이는 내가 마흔 살 아저씨처럼 변해가고 있다고 말했다. 나는 열흘 만에 면도를 하고, 어머니가 쓰던 침대에 앉아 케이크를 먹었다. 오후에는 비가 내려서 베란다 건조대에 널어둔 빨래가 전부 젖고 말았다.

강아지 이름을 뭐로 지을까 고민이다.

5.31

새벽에 일어난 일이다. 오한을 느끼고 잠에서 깨어나보니 창문이 활짝 열려 빗줄기가 들이치고 있었다. 나는 팔을 뻗어 창문을 밀어 닫다가 침대 옆에서 작은 물체를 발견했다. 그것은 살아서 꿈틀거리고 있었다. 나는 있는 힘껏 비명을 질렀다. 그러자 "이런 멍청아!"라는 고함 소리와 함께 무언가 머리를 강타했다.

다시 깨어났을 때는 기이하게 생긴 난쟁이가 발치에 앉아 있었다. 난쟁이는 체크 무늬 남방에 가죽조끼를 입고 초록색 돌이 달린 장화를 신고 있었는데, 한쪽 신발의 돌은 금방

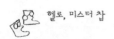

이라도 떨어질 것 같았다. 30센티쯤으로 추정되는 그는 내가 어제 먹다 남긴 케이크를 먹고 있었다.

"나는 참이라고 해."

난쟁이가 말했다. 난쟁이는 좀 전에 내 비명 소리를 듣고 놀라 머리를 후려친 것에 대해 사과했다. 나는 정신을 차리기 위해 양치질과 세수를 했다. 욕실에서 나와보니 난쟁이가 냉장고에서 맥주를 꺼내 마시고 있었다. 나는 그에게 정중히 집에서 나가달라고 말했다. 그러나 그는 들은 체도 하지 않고 강아지와 어울려 놀았다. 나는 그를 번쩍 들어 올려 현관문 밖에 내려놓고 들어왔다. 잠시 후 욕실에서 물 쏟아지는 소리가 들리더니 샤워를 마친 난쟁이가 태연스럽게 걸어 나왔다. 그는 자신이 이 집에 함께 살 수 없는 이유를 말해보라고 했다. 대답을 하려던 차에 강아지가 난쟁이의 모자를 벗겨 물고 달아났다.

6월
June

행복은 미덕이나 기쁨이 아니라 성장이다.
우리는 성장할 때 행복해진다.

－윌리엄 버틀러 예이츠

6. 1

찹은 오늘 아침 혼자서 라면을 두 개나 먹어치웠다. 윤식이가 찾아와 강의에서 필기한 노트와 프린트물들을 건네주었다. 찹은 내 방 옷장 속에 숨어 있었다. 윤식이가 돌아가고 난 뒤 옷 더미 속에서 쭈그린 채 잠든 찹을 보자 조금 미안한 생각이 들었다. 찹은 밥값을 하겠다며 청소를 시작했다. 거실을 쓸고 걸레질하는 데만 두 시간이 걸렸다.

내일부터 학교에 나가야 할 것 같다. 입학한 지 얼마 되지

헬로, 미스터 찹

도 않았는데 어머니의 장례식 이후로 결강을 꽤 많이 했다.

나는 여전히 잠들기 전에 어머니가 쓰던 로션 냄새를 맡는다.

6. 2

학교에서 돌아왔을 때 식탁 위에 된장국과 계란 프라이가 차려져 있었다. 참이 양상추의 썩은 부위를 썰어내고 마요네즈를 뿌려 샐러드를 만들었다. 그러나 접시에 옮기려던 찰나 입에 물고 있던 담배에서 재가 떨어져 전부 버려야 했다.

내일모레까지 '번식'이라는 주제로 철학입문 강좌의 리포트를 제출해야 한다. 영어회화 강좌를 담당하는 외국인 교수에게 어머니의 장례식에 뒤이은 결강 사유를 설명하느라 진땀을 뺐다.

집에 돌아오는 길에 동물병원에 들러 방울 소리가 나는 강아지 장난감과 사료를 샀다. 동물병원에서 중학교 동창인 최지예를 만났다. 그 애는 개를 목욕시키는 중이었는데, 그곳에서 견습 생활을 겸하며 아르바이트를 한다고 했다. 중학교 때는 짧은 커트 머리에 피부가 까무잡잡해서 다들 남자 같다고 놀려댔는데 지금은 긴 생머리를 모나미 볼펜으로 틀어 올린 헤어스타일이었다. 그 애가 서비스로 2000원짜리 강아지 용변 패드를 한 개 주었다.

거실에서 찹과 강아지가 싸우고 있는 것 같다.

6. 3

리포트를 쓰는 데 네 시간이 걸렸다. 나는 번식을 향한 욕망을 소유욕의 관점에서 해석했다. 윤식이의 리포트를 읽어보니 온통 섹스에 관한 이야기뿐이었다. 윤식이는 입학한 이래로 다섯 번의 미팅을 했지만 한 번도 성공하지 못했다. 녀석은 여자에게 접근을 하다가도 상대방이 조금 주춤하는 기색을 보이면 제풀에 자존심이 상해 돌아서버린다.

문학입문 강좌의 기말 발표를 위해서 조가 편성되었다. 우리 조에는 군대 다녀온 복학생 두 명과 한 학번이 높은 심리학과 여학생, 신입생 사이에서 노출광이라고 소문난 인문대 여자애가 모였다. 조 모임을 하는 내내 노출광 여자애의 미니스커트 지퍼가 열렸다는 사실을 말해주어야 하나 말아야 하나 고민했다. 여자애의 긴 웨이브 머리칼에서 라일락

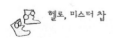
헬로, 미스터 찹

향기가 났다. 결국 말을 꺼내지 못하고 강의실을 나왔다.

학교식당의 돈가스는 폐타이어처럼 질겼다. 찹에게 전화를 걸어 냉동실에 동태가 있다고 알려주었다. 찹은 자다 깬 목소리로 자신은 생선찌개를 좋아하지 않는다고 말했다.

6. 4

주말이다. 찹을 가방에 넣어 들고 마트에 갔다. 생닭, 두부, 마늘, 버섯, 부추, 파인애플 통조림, 조갯살과 부침가루를 샀다. 계산대로 향하기 전 포장된 김치도 한 봉지 담았다. 어머니가 만든 김치는 이제 한 통밖에 남지 않았다. 그 김치통은 영원히 비우고 싶지 않다.

마트 옆 빵집에서 지예와 마주쳤다. 그 애는 통조림 참치와 김치를 살짝 볶아 식빵에 곁들여 먹으면 맛있다고 했다. 지예네 집은 우리 아파트에서 오 분 거리였다. 그 애가 내일이 동물병원 휴무일이라며 함께 맥주라도 마시지 않겠느냐고 물었다.

집에 돌아오자마자 가방 속에서 튀어나온 찹은 담배를 피우며 요리를 시작했다. 또 담뱃재가 음식에 떨어지지 않을까 조마조마했지만, 놀랍게도 담뱃재는 3센티 가까이 붙어 나도록 부서지지 않았다.

중학교 졸업 앨범에서 지예를 찾아보았다. 볼살이 두둑하고 입술이 튀어나와 심통이 난 듯 보이는 여자애를 발견했다. 그러고 보니 중학교 시절 2, 3학년 내내 같은 반이었는데 서로 이야기를 나눈 기억이 없다.

6. 5

지예와 함께 맥주를 열 병이나 비웠다. 어두운 술집 조명 아래서 보니 적당히 윤기가 도는 까무잡잡한 피부하며 염색기 없는 검은 생머리가 상당히 매력적이었다. 지예가 내게 아직도 축구를 하느냐고 물었다. 알고 보니 중학교 시절 축구부였던 내 친구와 나를 혼동하고 있었다. 술기운으로 유쾌해진 우리는 술집에 흘러나오는 「넌 내게 반했어」를 따라 불렀다.

지예가 우리 집 강아지가 보고 싶다고 말했다. 그 애와 함께 집에 도착했을 때 강아지가 구토를 하고 있었다. 지예는 강아지가 과식한 탓이라며 약을 찾아 먹이고 뉘어서 배를

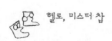

쓸어주었다.

지예가 돌아가고 난 후 집 안에서 무언가 타는 냄새가 났다. 옷장을 열어보니 담배를 피우던 참이 내 오리털 점퍼에 일곱 개의 구멍을 내놓았다. 그는 북두칠성 오리털 점퍼라며 낄낄거렸다. 나는 구멍에서 비어져 나온 새하얀 오리털들을 잡아 뽑으며 지예에게 잘 자라는 문자를 보냈다.

취한 채로 침대에 누우니 머리가 복잡해졌다. 고요한 어둠 속에 누워 있으려니 누군가 심장 속에 냉수를 부어 채운 듯 속이 서늘해졌다. 한 시간쯤 뒤척이다가 다시 일어나 녹차를 끓여 마시고 어머니의 귀고리를 꺼내 보았다.

6. 6

태극기를 내다 걸었다.
감정의 기복이 심하다. 혹시 조울증이 아닐까.

6. 7

철학입문 교수가 노출광을 불러 일으켰다. 노출광은 '번식이란 죄악이다'라는 제목의 리포트에 콘돔을 부착해 제출했다고 한다. 돋보기안경을 낀 양복 차림의 늙은 남자 교수는 변식이 죄악이라는 뒷받침 근거가 너무 부족하다고 지적하였다. 또한 그 애의 표현이 조금 당황스럽긴 해도 나름대로 신선했다고 덧붙이며 웃었다. 교수의 웃음이 몹시 신경질적이어서 강의실 안이 조용해졌다. 노출광은 당당히 일어서서 10센티쯤 되어 보이는 구두 굽을 달그락거리며 리포트를 돌려받았다.

윤식이가 노출광에게 반했다. 여자 신입생들은 노출광이 너무 튀는 행동을 해서 함께 다니는 것을 꺼리는 눈치다. 그러나 개중에는 어떤 마스카라를 사용하느냐고 묻기 위해 조심스럽게 다가가는 애들도 있다.

6. 8

참과 함께 강아지를 산책시키러 공원에 나갔다가 네댓 살배기 동네 아이들과 마주쳤다. 참은 아이들과 금방 친해졌다. 아이들이 모종삽을 들고 와 강아지가 싼 똥을 모래로 덮어주었다. 참이 아이들에게 말보로 한 개비씩을 선물로 돌렸다.

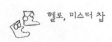 헬로, 미스터 참

6. 9

찹이 어머니의 방에 들어갔다. 그가 화장대에 앉아 장난을 치다가 어머니의 로션 병을 깨뜨렸다. 게다가 바닥을 락스로 문질러 닦아서 방에는 어머니의 체취 대신 락스 냄새가 진동한다.

나는 종일 찹과 한마디도 나누지 않았다. 그가 차린 저녁 상을 외면하고 지예를 불러내서 함께 우동을 먹었다.

6. 10

어머니가 쓰던 로션을 새로 사러 화장품 가게에 들렀다. 가자미를 닮은 여직원이 자기도 쓰고 있는 제품이라며 진열대 위에서 로션 병을 꺼내 보여줬다. 결국 로션을 사지 않고 가게에서 나왔다.

집에 돌아와보니 찹이 동태찌개를 해놓았다. 찹과 나와 강아지는 텔레비전의 개그 프로그램을 보며 말없이 식사를 했다.

방금 지예에게서 전화가 왔다. 주말에 함께 영화를 보러 가잔다.

또 전화벨이 울려 받았더니 윤식이였다. 녀석은 노출광과 술 약속을 잡았다며 잔뜩 들떠 있었다.

거실에 나가보니 소파 위에서 찹이 강아지를 끌어안고 잠들어 있었다. 마음이 약해져서 이불을 가져다 덮어주려는 찰나 "한심한 쫌팽이 새끼"라는 잠꼬대가 들렸다. 찹의 신발을 세탁기 속에 던져버렸다.

6. 11

꿈에 어머니가 나왔다. 어머니는 집 안에서 담배 냄새가 난다며 화를 냈다.

노출광을 만난다던 윤식이에게 문자 메시지를 보냈는데 연락이 없다.

6. 12

지예와 함께 신촌에서 영화를 보았다. 동생을 죽인 옛 연인을 살해하는 잔혹 복수극이었다. 남자는 여자가 기르던

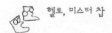

늑대개에게 물려 온몸이 갈기갈기 찢긴 채로 죽었다. 영화를 보고 나와 스파게티를 먹었다. 지예가 광견병 걸린 개에게 물려 정신이 나간 고등학생 이야기를 해주었다. 술집으로 자리를 옮겨 감자튀김과 함께 맥주를 마셨다. 지예가 술집에서 이벤트 행사로 나눠 준 복권에 당첨되어 맥주 다섯 병을 서비스 받았다. 밖으로 나오니 밤공기가 미지근했다.

버스 정거장은 한산했다. 키스를 할 분위기였는데 막 버스가 도착했다. 운전기사가 얼른 올라타지 않고 미적거린다고 화를 냈다. 지예를 바래다주고 돌아오며, 그 애와 사귀게 됐을 때의 내 모습을 상상해보았다. 나쁘지 않았다.

6. 13

윤식이가 오늘 학교에 오지 않았다. 전화기도 꺼놓았다. 문학입문 시간에 노출광에게 어떻게 된 일이냐고 물어보려다가 그만두었다. 노출광은 반짝이 스팽글이 비늘처럼 붙은 미니스커트에 망사스타킹을 신고 왔다. 타락한 인어공주 같았다.

세탁기에 넣고 한 번 돌렸을 뿐인데 참의 신발이 너덜너

덜해졌다. 찹에게 새 신발을 사다 줌으로써 우리는 화해했다. 찹과 함께 플레이스테이션 게임을 했다. 그는 처음 배운 것치고 실력이 좋았다. 두 시간쯤 지나자 찹은 눈이 붉게 충혈되어 승패에 집착했다. 줄담배를 피워대고 강아지 밥그릇을 끌어와 재떨이로 삼기까지 했다. 내가 두 판을 내리 져주고 나서야 그는 만족스럽게 게임기를 껐다. 강아지가 조용하기에 부엌에 가보았더니, 사료 봉지를 뒤엎어놓았다. 강아지는 쏟아진 사료 속에서 헤엄치다가 나를 향해 꼬리를 흔들었다.

저금해놓은 돈을 계속 축내고 있다. 아르바이트를 구해야겠다.

6. 14

윤식이가 며칠 전 만취한 채로 노출광과 잤다고 털어놓았다. 그러나 너무 술에 절어 있던 탓에 노출광의 가슴이 황홀할 정도로 탱탱하다는 사실 외에는 아무것도 기억나지 않는다고 했다. 윤식이는 그 애에게 고백을 했다가 차였다. 다음 날 아침 모텔에서 깨어났을 때 노출광이 윤식이에게 "넌 슈

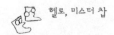 헬로, 미스터 찹

퍼 카운터에 놓인 천하장사 소시지쯤 돼" 하고 말했다고 한다. 나는 윤식이가 신체 조건으로 모욕을 당한 게 아닌가 싶어 잠시 움찔했다. 그러나 "한 번 까먹고 버리는 존재"라는 해설이 이내 뒤따랐기 때문에 안도했다. 윤식이는 실연의 아픔으로 인해 이마에 종기가 났다.

아르바이트 검색 사이트를 뒤지다가 괜찮은 자리 두 군데를 찾았다. 하나는 바의 서빙 직원 자리인데, 시급이 세고 일당을 주는 대신 새벽 3시까지 근무를 해야 한다. 다른 하나는 집에서 가까운 죽 전문점 홀 서빙이다. 근무 시간대가 무난한 대신 시급이 보통이다. 전화를 하니 두 군데 모두 면접을 보러 오라고 했다.

찹은 「꼭 만나고 싶었습니다」라는 프로그램 재방송을 보며 울고 있다.

6. 15

바에서 면접을 보고 왔다. 타원형의 바 안에서는 비키니 수영복 차림에 토끼 귀 머리띠를 한 웨이트리스들이 근무 중이었다. 손님은 대부분 중년층의 회사원들이었다. 매니저를 찾아가 면접을 보며 위스키를 한 잔 얻어 마셨다. 매니저 사무실에서 나왔을 때, 술에 취한 손님 한 명이 웨이트리스 주변을 얼쩡거리고 있었다. 그가 웨이트리스의 엉덩이에 달려 있는 토끼 꼬리를 잡아당겼다. 핑크색 수영복이 미끄러지며 웨이트리스의 엉덩이 골이 드러났다. 웨이트리스는 비명을 지르며 들고 있던 술을 손님의 머리에 쏟았다.

내일 죽 전문점에 면접을 보러 가야겠다.

6.16

지예가 잘 익은 파김치를 갖다 주었다. 참은 손가락으로 파김치를 집어 먹으며 밥을 세 공기나 비웠다.

문학입문 시간에 발표 주제를 짜다가 노출광 여자애와 의견 마찰이 있었다. 그 애는 세계 문학의 에로스적인 경향에 대해 분석하자고 말했고, 그 애를 제외한 나머지 조원들은 보바리 부인에 대해 조사하자고 말했다. 그 애는 우리와 도저히 말이 통하지 않는다는 듯 주먹으로 가슴을 두드렸다. 얇은 티셔츠 안에서 풍만한 가슴이 출렁거렸다. 오늘은 싸구려 비닐로 만든 것 같은 빨간색 벨트에 같은 색의 하이힐

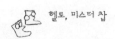

을 신고 와서 이목을 끌었다.

노출광은 무엇 때문에 그렇게 성적인 것에 집착을 보이는 걸까. 이미 그 애 주변에는 저팔계처럼 더러운 침을 흘리는 색마들밖에 남지 않았는데 말이다. 게다가 그 애와 술을 마시면 누구라도 하룻밤 잘 수 있다는 소문이 돌고 있다. 지나치게 성적 개방성을 주장하는 사람들은 그 부분에 콤플렉스를 갖고 있다던데, 혹시 그 애가 그런 경우인지도 모르겠다. 아무튼 발표 주제는 보바리 부인으로 결정되었다. 다음 주 화요일부터 기말고사 기간이다.

죽 전문점에서는 내일부터 출근하라고 했다. 예쁘고 어린 여직원이 있기를 기대했지만 일하고 있는 분은 아줌마 직원 한 명뿐이었다.

6. 17

강의가 끝나자마자 아르바이트를 하러 갔다. 가게가 작기 때문에 서빙 하는 일은 그리 힘들지 않다. 손님은 대부분 근처 병원의 환자들이다. 천식이 있다는 노인이 야채죽을 먹다가 기침을 하는 바람에 죽 그릇에 가래가 떨어졌다. 사장이 단골이라며 친절히 새 죽을 만들어 주었다.

죽 가게의 유리문 안으로 들어오는 저녁 햇살이 무척 나른했다. 일을 하는 동안 칩이 무려 열 번이나 전화를 걸어왔다. 내가 신경질을 내자 마지막에는 강아지를 바꿔주었다.

같이 일하는 강씨 아줌마는 정이 많은 사람 같다. 죽을 만들 때마다 조금씩 덜어 맛을 볼 수 있게 해준다. 아줌마가 양파 주머니를 옮기던 나를 불러서 어깨에 있는 문신을 보여주었다. 검은 가시덩굴 속의 장미 문신이었는데, 20년도 더 된 것이라고 했다. 어쩐지 붉은색이어야 할 장미꽃이 빛바래서 분뇨 같은 색깔을 띠고 있었다. 아줌마는 절친한 친구가 파상풍으로 죽고 난 뒤 독실한 기독교 신자가 되었다고 한다. 죽을 끓이면서도 알아들을 수 없는 찬송가를 불러댔다.

내 생애 첫 아르바이트를 시작한 하루는 다행히도 별 탈없이 마무리되었다.

6. 18

죽 그릇에 데었다. 왼쪽 손등에 물집이 생겼다. 약 서랍

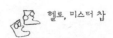

을 찾기 위해 어머니 방에 들어갔는데, 침대에 누워 있던 어머니가 금방이라도 일어나 손등을 어루만져줄 것만 같았다. 찹이 약을 발라주었다.

실내용 슬리퍼를 신나게 물어뜯어둔 강아지를 욕실에 가두어버렸다. 밤이 깊었는데 잠이 오지 않는다. 피로가 모래처럼 쌓이고 있다. 포화 상태에 다다르면 누군가 나를 사우나의 모래시계처럼 뒤집어주었으면 좋겠다.

찹이 따뜻한 물을 침대 옆에 놓아두고 나갔다. 새벽 1시를 넘기면 잡생각이 두 배로 늘기 때문에 잠들기가 더욱 어려워진다.

어머니는 정말 두 번 다시 만날 수 없는 것일까. 어머니가 어느 낯선 섬 해변의 오두막집에서 고기잡이 남자와 함께 살고 있을 것만 같은 생각이 든다. 어머니는 언제나 내가 미혼모의 아들이라는 것을 부끄러워할 이유가 없다고 말했다. "아버지는 언제든 갈아치울 수 있는 건전지 같은 거야. 네 피와 살을 만들어준 건 엄마란 걸 잊지 마라." 어머니의 새 남자는 분명 근육이 탄탄하고 정직한 눈을 가진 연하남일 것이다.

찹이 방문을 두드렸지만 자는 척 대답하지 않았다.

6. 19

일요일이다. 지예가 집에 찾아왔다. 소파에 앉아 함께 영화 「클로저」를 보다가 키스를 했다. 이십 분 정도 키스만 했다. 지예의 입은 기분 좋을 정도로 따뜻했다.

꽤 지루한 영화였는데 지예는 끝까지 재미있게 보는 눈치였다. 영화에서 기억에 남는 장면은 바람을 피우다 들킨 부인이 "그 사람이 너보다 훨씬 컸어"라고 소리 지르며 둘이 다투는 장면뿐이었다.

결혼이나 연애를 하는 것은 녹은 캐러멜을 입에 물고 있는 것과 같다. 뱉거나 삼켜버리기에는 아깝지만 그렇다고 입에 계속 물고 있자니 지나치게 달아서 쉽게 질리고 만다. 게다가 가게에는 수많은 종류의 캐러멜이 있는데 그중 하나의 캐러멜만을 고르는 것은 쉬운 일이 아니다.

저녁밥을 먹고 있는데 윤식이에게서 전화가 왔다. 녀석은 이제 노출광은 잊기로 했단다. 오늘 낮에 노출광의 집 근처까지 찾아갔다가 그 애가 롤러 동아리 회장과 끌어안고 있는 모습을 목격했다고 한다. 면바지에 농구화를 신고 다니며 여중생과 원조교제를 한다는 소문이 있는 그 저질 색마와!

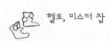 헬로, 미스터 찹

지예가 돌아가고 난 뒤 참이 강아지를 붙들고 키스하는 흉내를 내며 나를 놀렸다. 키스를 하긴 했지만 우리 둘의 관계는 아직 애매하다고 할 수 있다.

6. 20

아르바이트가 끝난 뒤 강씨 아줌마와 포장마차에서 술을 마셨다. 아줌마가 교회의 목사를 사랑하고 있다고 고백했다. 하지만 목사에게는 대학에 다니는 아들이 둘이나 있다고 한다. 아줌마는 소주를 한 잔 들이켤 때마다 사죄 기도를 했다. 그녀가 자신은 30년 가까이 혼자 살아왔기 때문에 더 이상 외로운 것은 싫다고 말했다. 나는 이미 30년이나 혼자 살아왔으니 익숙해질 때도 되지 않았느냐고 위로했다. 아줌마가 남의 일이라고 쉽게 말하지 말라며 코를 풀었다. 외로움이란 빚처럼 막무가내로 불어나는 것이라고 했다. 그러고는 생각났다는 듯이 가방에서 통장을 꺼내 잔고를 보여주었다. 강씨 아줌마는 생각보다 부자였다. 나는 아이를 입양하는 것은 어떻겠느냐고 제안했다. 그러나 아줌마는 서너 가지의 전과 기록 때문에 불가능하다고 했다.

포장마차 주인이 매운 닭똥집을 서비스로 주었다. 닭똥집이 너무 뜨거워서 나는 씹지도 못하고 삼켜버렸다. 술을 더 마신 아줌마는 갑자기 이루 말할 수 없이 유쾌해지더니 찬송가를 부르며 택시를 타고 돌아갔다.

집에 돌아와 세 시간 가까이 '우주의 이해' 과목을 벼락치기하는 중이다. 암기력을 테스트하는 시험이기 때문에 참이 곁에 앉아서 삼십 분마다 문답 테스트를 도와주고 있다.

6. 21

어젯밤에는 한숨도 자지 못했다. 시험은 그럭저럭 보았다. 세계 최초 우주인의 이름을 쓰는 데서 좀 막히긴 했지만. 마지막 질문은 "본인에게 우주란 무엇인가?"라는 서술형 문제였다. 나는 '무한 상상 지대'라는 주제로 기입했다. 윤식이는 "평생 가볼 일 없는 곳"이라고 답했다.

인문대 2층 베란다에서 노출광과 마주쳤다. 그 애는 담배를 피우며 프린트물을 들여다보고 있었다. 노출광은 이번 문학입문 발표를 자기가 했으면 좋겠다고 말했다. 그건 나 혼자 결정할 문제가 아니라고 대꾸하자 조금 화가 난 눈치

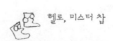
헬로, 미스터 참

였다.

일을 마치고 돌아와보니 참과 강아지가 없었다. 잠시 후에 둘이 과자와 미지근한 맥주를 들고 들어왔다. 동네 슈퍼에서 훔친 거라고 했다. 참은 사소한 도둑질이 이 사회를 인간적으로 만든다고 말했다. 그러고는 강아지 밥그릇에 맥주를 따라주었다. 다행히 강아지가 밥그릇을 엎어버렸다.

지예가 시험이 끝나면 함께 놀이동산에 가자고 말했다. 나는 열일곱 살 이후로 놀이기구를 타본 적이 없다.

몸이 무척 피로하다.

6. 22

윤식이가 우리 집에 혹시 동거인이 있느냐고 물어봤다. 어젯밤 집에 전화를 걸었는데 웬 남자가 받더라는 것이었다. 나는 잠깐 친척이 다녀갔다고 둘러댔다.

강의실에서 노출광과 마주쳤지만 윤식이와 그 애는 서로 아는 체도 하지 않았다. 윤식이는 혹시 노출광과 자고 난 뒤 병을 옮았을지도 모른다며 다리를 꼬고 앉았다. 노출광을 향한 사랑이 짓밟히고 뭉개져서 매우 폭력적인 돌연변이 감정을 낳은 모양이다.

한문 시험은 예상대로 어려웠다.

찹은 요즘 새로 시작한 드라마 「힘내라 말순이」에 푹 빠졌다. 암 환자와 불륜, 고부간의 갈등 3종 세트가 등장하는 삼류 드라마다.

찹이 어머니가 생일 선물로 준 흰색 셔츠를 색깔 있는 옷과 함께 빨아서 얼룩덜룩하게 만들어놓았다. 나는 찹에게 언제까지 이 집에 머물 생각이냐고 물었다. 그러자 그는 강아지를 끌어안고 애처로운 눈으로 나를 올려다보며 "우린 친구잖아"라고 말했다.

생각해보니 어머니의 숟가락과 젓가락, 그리고 실내용 슬리퍼는 지금 찹이 사용하고 있다. 게다가 강아지가 늘 물고 다니는 겨자색 양말 한 켤레도 어머니의 것이다. 조금 혼란스럽다.

강아지는 하루가 다르게 자라고 있다. 그러나 갈색 털은 도무지 우윳빛으로 변할 기미가 보이지 않는다.

6. 23

철학 시험을 망쳤다. 메를로-퐁티라는 철학자에 대해 서술하려 했지만 퐁듀밖에 떠오르지 않았다. 윤식이는 노출광 바로 옆자리에서 시험을 봤다.

오후에 마지막 시험인 회화 실기를 보았다. 그럭저럭 잘해낸 것 같다.

다음 주에 발표 때문에 한 번 등교해야 하긴 하지만…….

아무튼 여름방학이다!

6. 24

가게에서 죽을 시켜 먹던 임산부가 비명을 지르며 복통을 호소했다. 사장과 함께 임산부를 바로 옆 병원의 응급실까지 데려다 주었다. 응급실에 내 또래로 보이는 피투성이 환자가 있었다. 레지던트가 침대 주변으로 커튼을 둘렀는데, 환자가 신음하며 커튼을 움켜쥐는 바람에 커튼이 금세 피로 얼룩졌다. 보호자로 보이는 여자가 응급실에 들어와 환자를 발견하더니 바닥에 주저앉았다. 옆에는 베란다에서 넘어져

머리가 찢어진 할머니가 피를 흘리며 울고 있었다.

사고를 당한 날의 어머니가 떠올랐다. 어머니는 이모와 함께 외갓집에서 돌아오다가 8차선 도로에서 사고를 당했다. 사고를 낸 상대방 운전자는 차창 밖으로 튕겨져 나와 도로 위에서 즉사했다. 어머니는, 가망이 없다고 말한 의사에게 두 차례의 수술을 받은 후 마취가 깨기도 전에 숨을 거두었다. 사고를 당한 이후부터 돌아가시기 전까지 의식이 돌아오지 않았다. 어두운 도로의 운전석에서 어머니는 정신을 잃기 직전에 무슨 생각을 했을까. 내가 경기도의 병원으로 달려갔을 때는 이미 수술 중이었다. 외할머니는 어머니의 피 묻은 옷을 끝까지 내게 넘겨주지 않았다.

예상치 못한 사고였다. 나는 아직까지 어머니의 죽음을 인정하고 싶지 않다. 그러나 현실이란 내게 인정받지 못하는 것 따위에는 연연하지 않는다.

6.25

아르바이트 시간을 오전으로 바꾸었다. 점심시간에는 손님들이 꽤 몰린다.

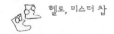 헬로, 미스터 찹

찹은 거실에 지점토를 잔뜩 쌓아놓고 주물럭거리고 있다. 조그만 크기의 꽃병과 공룡 모형, 간장 종지를 만들었다. 강아지가 지점토를 씹어 먹고 있다.

내일 지예와 함께 놀이공원에 간다. 놀이공원 홈페이지에 들어가서 내부 안내도를 살펴보았다. 점심으로는 햄버거나 일본식 라면을 먹으면 될 것 같다. 대관람차는 타지 않는 게 좋겠지. 대관람차는 모든 놀이공원에서 가장 낡은 기계라 그 동그란 통들이 언제 열매처럼 추락할지 모르는 일이니까.

조금 전에 윤식이에게서 전화가 왔다. 다음 달 초에 해운대에 가자고 한다. 가게에서 휴가를 내줄지 모르겠다. 어쩐 일인지 요즘 사장이 좀 예민해 보인다.

제기랄! 찹이 내게 선물한 공룡 모형은 지점토가 아니라 밀가루 반죽이었다!

6. 26

놀이공원에 도착하자마자 들른 화장실에서 가방이 이상하게 무겁다는 사실을 깨달았다. 가방 지퍼를 열어보니 찹이 손을 흔들고 있었다. 그는 하루치 담배 한 갑과 자기 몫의 주먹밥, 캔 맥주까지 챙겨 왔다!

지예는 롤러코스터를 일곱 번이나 탔다. 바이킹도 맨 끝자리에 타서는 맞은편 호수를 향해 손을 흔들며 비명을 질렀다. 기념사진을 찍으려던 차에 생쥐의 탈을 쓴 인형 인간이 내 발을 밟았다. 공중에서 빠른 속도로 회전하는 '스파이더'라는 놀이기구를 탔는데, 끌어안고 탄 가방 속에서 찹의 비명 소리가 새어 나왔다. 나는 찹의 목소리를 감추기 위해서 두 배로 소리를 질러야 했다. 지예는 내가 보기보다 귀엽다고 말했다.

점심으로 먹은 일본식 라면은 그저 그랬지만 소시지빵은 정말 맛있었다. 지예에게 헬륨 가스가 든 풍선을 사주었다. 그러나 곧 놀이기구를 탈 때마다 방해가 된다는 사실을 깨닫고, 우리는 풍선의 매듭을 풀어 한 모금씩 들이마셨다. 헬륨을 마시고 나니 성대가 바짝 쪼그라든 듯한 목소리가 나왔다. 우리는 잠깐 동안 「추적 60분」의 음성 변조 목격자들처럼 대화를 나누었다.

놀이기구를 탈 때마다 흩날리는 지예의 긴 머리칼에서 샴푸 향기가 풍겼다. 우리는 놀이공원을 순회하는 모노레일을

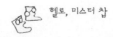

탔다. 주변 풍경을 내려다보던 지예가 갑자기 고개를 들고는 왜 잡고 있던 손을 놓았느냐고 물었다. 내 손은 모노레일을 탈 때부터 안전 허리띠와 가방끈을 움켜쥐고 있었다. 가방이 꿈틀거리며 웃는 소리가 났다. 나는 허벅지를 긁느라 그랬다고 둘러대고는 지예의 손을 잡았다. 뒷자리 어린애들의 머리띠에 달린 기다란 용수철 인형들이 내 뒤통수를 찔러댔다.

사방이 어두워진 뒤 놀이공원 호숫가에서 아이스크림을 먹었다. 지예는 우리의 관계를 분명히 했으면 좋겠다고 말했다. 내가 말없이 앉아 있자 지예가 헛기침을 했다. 나는 감기 걸리기 전에 들어가자며 자리에서 일어섰다. 지하철을 타고 오는 내내 지예는 자는 척 눈을 감고 있었다.

"한심하군."

지예를 바래다주고 돌아오는 길에 참이 혀를 찼다.

집에 돌아와 텔레비전을 보며 컵라면을 먹었다. 지예는 나를 좋아하는 게 분명하다. 어쩐지 흥미가 떨어진다.

6. 27

　문학입문 발표 날. 늘 그렇듯 태클을 거는 학생이 몇 명 있긴 했지만 발표는 성공적이었다. 노출광은 발표하는 내내 무언가 마음에 안 든다는 표정으로 팔짱을 끼고 곁에 서 있었다.

　발표가 끝나고 조원 뒤풀이가 있었다. 학교 옆 식당에서 두부전골을 먹었다. 다들 소주를 마셨지만 나는 아르바이트 때문에 일찍 자리를 떠야 했다. 노출광이 가게 앞까지 배웅을 나왔다. 그 애는 새끼손가락으로 내 어깨를 톡톡 두드리며 연락하겠다고 말했다. 신호등을 건너다가 흘끗 뒤를 돌아봤는데, 그 애가 그때까지 가게 앞에 서서 나를 보고 있었다.

　가게 사장은 무언가 고민이 있는 모양이다. 카운터에 앉아 창밖을 바라보며 넋을 놓고 있었다. 오늘은 손님이 적어서 주방에 들어가 당근 껍질 벗기는 걸 도왔다.

6. 28

이모가 사촌 동생을 데리고 찾아왔다. 이제 중학교 2학년

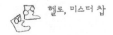
헬로, 미스터 찹

인 남동생이 털이 북실거려서 양처럼 변한 강아지의 꼬리를 잡아당겼다. 이모는 밑반찬과 직접 만든 생크림 케이크를 가지고 왔다. 이모가 다음 달 휴가 기간에 이틀 정도만 동생을 맡아줄 수 있겠느냐고 물었다. 학원 때문에 함께 휴가를 갈 수 없다고 했다. 어쩐지 내키지 않았지만 고개를 끄덕였다. 동생은 요즘 교내 밴드에서 베이스를 맡고 있다고 했다. 그 애는 악기를 다룰 땐 여자 몸을 만지듯 부드러운 터치와 밀어붙이듯 거친 손놀림을 병행해야 한다고 속삭였다. 나는 못들은 척했다.

이모가 내게 아버지를 찾아볼 생각이 없느냐고 물었다. 나는 케이크에 얹어진 키위를 바지에 떨어뜨렸다. 이모는 진지하게 생각해보라고 말하고는 돌아갔다.

사장이 멍해진 이유를 알았다! 그는 강씨 아줌마를 사랑하고 있다.

6. 29

나는 열 살이 넘은 이후로 아버지가 필요하다고 느껴본 적이 없다. 어머니가 만난 남자들은 대부분 말쑥했고, 내게 친절한 편이었다. 어머니는 차분하고 조용하며 웃는 모습이 부드러운 남자 타입을 좋아했다. 만난 남자들의 성격과 달리 어머니는 다혈질이었다.

고등학교에 입학하고 얼마 되지 않아 옆 반 애와 급식실에서 심하게 싸운 적이 있다. 그 애는 코피가 터졌고, 나는 입가가 찢어졌다. 나는 어머니가 그런 녀석쯤은 무시해버리라고 말할 줄 알았다. 그러나 어머니는 부엌에서 칼을 뽑아들고 그런 놈은 아예 칼로 찔러야 한다며 성을 냈다. 그리고 칼을 어떠한 각도로 찔러야 손이 다치지 않는지 시범을 보여주었다. 나는 다음 날 옆 반으로 가서 그 애에게 먼저 사과했다.

어쨌든 이제 와서 아버지를 만날 필요는 없다. 어머니의 장례식에도 찾아오지 않는 남자 아닌가.

무엇보다도 재회의 장면에서 달리 할 말이 없을 것 같다. 난 아버지를 증오하지도 않고 그리워하거나 궁금해하지도 않는다. 내가 수정란이었을 때 사라져버린 남자와 카페에 마주 앉아 "날씨가 참 따뜻하지요"라느니, "참치야채죽 먹어봤습니까?" 하는 대화를 나누는 것은 너무 질척거리는 일이다. 집 나간 아버지와 20년 만에 상봉하는 아들이라는 걸 들키

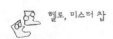

느니 차라리 원조교제 중인 게이 커플로 보이는 게 낫겠다.

6. 30

가게에는 일부러 점심시간에만 동냥 오는 거지가 있다. 사장은 급히 그를 쫓아내느라고 1000원씩 줘서 돌려보내곤 했다. 그런데 오늘은 사장이 나간 사이에 거지가 찾아왔다. 강씨 아줌마가 알이 굵은 양파를 한 개 들고 나와 거지를 가게 밖으로 불러냈다. 그러고는 오 분쯤 뒤에 돌아와서는 무려 삼십 분 동안 기도를 했다.

노출광에게서 전화가 왔다. 그 애는 학교 근처로 당장 나올 수 있느냐고 물었다. 나는 테이블을 치우는 중이었기 때문에 건성으로 전화를 받았다. 그 애가 어디서 아르바이트를 하느냐고 물었다. 나는 충무로역 근처 죽집이라고만 대충 둘러대고 전화를 끊었다.

일이 끝날 무렵에 노출광이 가게로 찾아왔다. 그 애는 전복죽을 시켜 먹으며 내가 일을 마칠 때까지 기다렸다. 그 애가 충무로 근처 죽 가게를 전부 뒤졌다고 말했다. 그래봤자 근처 죽 가게는 두 군데뿐이다.

노출광은 엉덩이에 'fuck'이라고 쓰인 핫팬츠를 입고 왔
는데, 같이 걷는 내내 사람들이 흘끗거리는 듯한 기분이 들
었다.

　　역 근처의 호프에 들어가 맥주를 주문했다. 노출광은 던
힐 맨솔에 불을 붙였다. 그러고는 서비스로 나온 샐러드를
휘저으며 말했다.

　　"너한테 반했어."

　　나는 귀를 의심했다. 담배 연기가 채찍처럼 공중을 후려
치며 피어올랐다.

　　"너 정말 섹시한 거 같아. 넌 나 어때?"

　　젖꼭지가 도드라져 보이는 티셔츠 차림의 여자애에게 섹
시하다는 말을 듣다니…….

7월 July

삶을 가장 아름답게 장식해주는 것은 자주 드나드는 친구들이다.

—랠프 월도 에머슨

7.1

윤식이에게서 내일모레 해운대로 떠나자는 연락이 왔다. 가게에서는 월급일을 미루는 조건으로 이틀 휴가를 얻었다. 찹이 자기를 데리고 가지 않으면 강아지와 함께 서커스단으로 가버리겠다고 말했다. 그거야말로 혹하는 이야기였지만 나는 예의상 서운한 척하며 데려가겠다고 약속했다. 어쩐지 찹과 강아지가 나를 비웃는 눈치였다.

노출광이 쉴 새 없이 문자 메시지를 보내온다. 지예에게서는 아직 연락이 없다.

놀이공원에서 먹었던 것과 똑같은 맛의 소시지빵을 발견했다. 가게 뒤편의 오래된 빵가게에서 파는데 놀이공원에 비해 훨씬 저렴하다.

7. 2

처음으로 김치전을 부쳐봤다. 전이라기보다는 떡에 가까웠다. 나는 만드는 내내 기름 냄새를 맡은 터라 입맛이 없었지만 어쩔 수 없이 몇 조각 입에 넣고 씹었다. 찹은 벽에 기댄 채 담배를 피우며, 더 이상 이상한 물질을 만들어 스스로에게 먹이지 말라고 했다. 그가 돼지고기를 썰어 넣은 김치찌개를 만들어주었다. 과정이 간단해서 나중에 시도해봐도 괜찮을 것 같다.

인터넷 경매 사이트에서 불가리 익스트림 향수와 실내용 슬리퍼 두 켤레를 주문했다.

집에 있는 것 중 가장 큰 가방에 옷과 수영복을 챙겼다. 찹에게는 가방 안에서 담배를 피우면 질식할 위험이 있다고 경고해두었다.

강아지를 맡기러 동물병원에 갔다. 지예는 개의 털을 염색하는 중이었다. 그 애는 나를 쳐다보지도 않고 강아지를 받아 들어 큼직한 개집에 넣었다. 게다가 '손님'이라 부르며 존댓말을 쓰기까지 했다. 나는 사흘치의 보관료를 지불하고 가게를 나왔다.

여자들은 쓸데없는 것에 화를 잘 낸다. 만약 지예와 사귀었다면 얼마나 더 많은 일로 나를 들들 볶아댔을까.

편의점에서 여행용 세면도구 세트를 샀다. 편의점 아르바이트생이 코를 후비던 손으로 세면도구를 집어 바코드를 찍었다. 삼각김밥을 사지 않길 잘했다.

잠들려던 차에 노출광에게 전화가 걸려왔다. 그 애는 잠자기 전에 목소리를 듣고 싶었다고 했다. 노출광은 늘 팬티만 입고 잠을 잔다고 말했다. 이불이 맨 살갗에 스치면 기분이 좋아서 잠이 잘 온다고도 했다. 도드라져 있던 그 애의 젖꼭지가 떠올랐다. 아랫도리가 부풀며 허벅지가 근지러워지려는 찰나, 참이 방문을 열어젖혔다. 그가 강아지 탓을 하며 베개를 밟고 침대 위로 점프를 하는 바람에 통화는 거기서 끊겼다.

7. 3

여기는 부산 바닷가 근처 민박집이다. 윤식이와 나를 포함해 대학 동기 다섯 명이 모여 있다. 챱까지 치면 여섯 명이다. 다들 좁은 샤워장에 들어가 몸을 씻고 옷을 갈아입는 중이다. 챱은 제외하고. 이제 술과 안주를 들고 해운대 모래사장으로 출동할 것이다. 젊음과 낭만을 불태우러 출발!

7. 4

오늘 새벽에야 민박집으로 돌아왔다. 우리는 세 차례 헌팅을 했다. 첫 번째 여자들은 꽤 섹시한 편이었는데 삼십 분가량 술과 안주를 양껏 축내고는 졸음이 몰려온다며 자리를 떴다. 두 번째 여자들은 좋은 분위기에서 술을 마시던 중에 자기들끼리 싸움이 붙었다. 한 명이 취해서 다른 한 명의 성형 수술에 대해 언급한 게 화근이었다. 수술한 지 2년이 지나도록 붓기가 가라앉지 않아서 눈이 비엔나소시지처럼 보인다고 했다. 머리칼을 쥐어뜯고 가슴팍을 발로 걷어차는 둘을 말리다가 언뜻 보니 과연 쌍꺼풀이 어색하긴 했다.

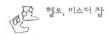

세 번째로 헌팅 한 여자들은 전체적으로 물이 좋았다. 다른 남자 팀들이 헌팅을 할 때는 내키지 않는 기색으로 거절하더니 윤식이가 가서 함께 놀지 않겠느냐고 묻자 슬그머니 엉덩이를 털고 일어났다. 서로 인원 수도 잘 맞았다. 귀여운 억양으로 부산 사투리를 쓰는 토박이 여자애들이었다. 다 같이 게임을 하며 시끌벅적하던 분위기가, 시간이 지나고 모두들 꽤 취하자 끼리끼리 짝을 맞춰 노닥거리는 흐름으로 바뀌었다.

나는 혜미라는 여자애와 계속 이야기를 나눴다. 그 애는 어깨에 닿을락 말락 하는 단발머리에 웃을 때마다 조개껍질 같은 보조개가 들어갔다. 혜미가 화장실에 가고 싶다며 일어났다. 그 애들은 바닷가 바로 뒤편의 민박집에서 묵고 있다고 했다. 혜미가 비틀거렸기 때문에 나는 그 애의 팔을 붙들고 민박집까지 함께 갔다. 모두들 바닷가로 빠져나가고 없는 민박집은 고요했다. 혜미는 취기가 올라서 잠깐 쉬었다 가고 싶다고 말했다. 나도 얼굴이 좀 붉어진 터라 그 애를 따라서 방으로 들어갔다.

혜미가 내게 바짝 붙어 눕더니 뜨거운 술 냄새를 풍기며 입술을 갖다 댔다. 작은 사이즈의 토네이도가 한참 동안 그 애와 내 입안을 오갔다. 나는 얇은 탑을 벗기고 가슴을 만졌다. 혜미는 골반에 꽉 껴서 잘 벗겨지지 않는 핫팬츠를 벗고 내 바지를 잡아 내렸다. 나는 처음으로 여자의 알몸을 만진 것이다! 생각보다 떨지 않고 잘 해냈다. 서툴러서 그 애가 조금 짜증을 내긴 했지만.

　모래사장으로 돌아오던 길에 잔뜩 취한 민구가 쓰레기장으로 걸어가는 것을 발견했다. 자기는 쓰레기이기 때문에 쓰레기장에 갖다 버려야 한다고 했다. 윤식이는 여자애와 함께 사라졌다. 나머지 두 멤버는 여자애들과 함께 꽥꽥 소리를 지르며 바닷물 속에서 첨벙거리고 있었다.

　혜미와 나는 동이 틀 때까지 김빠진 맥주를 마셨다.

　민박집에 돌아와보니 방이 말도 못하게 어질러져 있었다. 다들 피곤해서 곧장 방바닥에 쓰러졌기 때문에 다행히도 찹이 화장실에서 나오는 모습을 보지 못했다.

　이제 밤이 되었으니 다시 모래사장으로 출동한다! 조금 피곤하긴 하지만.

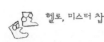 헬로, 미스터 찹

7. 5

민구가 식중독 증상을 보이는 바람에 새벽에 병원 응급실까지 달려갔다.

다시 민박집으로 돌아와 모두들 잠들었다.

나는 해가 뜨는 것을 보러 찹과 함께 바닷가로 나갔다. 찹은 파도를 향해 야호, 소리쳤다. 우리는 물안개가 자욱한 바다를 뛰어다녔다. 찹이 두 손 가득 바닷물을 담아 올리자 그 안에서 작은 파도가 일었다. 내가 술이 덜 깬 모양이었다. 모래밭에 찍힌 찹의 발자국은 정말 작았다. 안개가 짙어서 해가 뜨는 모습은 잘 보지 못했다.

지금은 서울로 돌아가는 버스 안이다. 곧 두 번째 휴게실에 들를 예정이다.

7. 6

강아지를 데리고 왔다. 이틀 동안 살이 더 찐 것 같다. 이제 어엿한 개가 되어간다. 지예는 여전히 나를 본체만체했다.

사장이 내가 콩자반처럼 새까맣게 탔다고 말했다. 묘사력이 형편없는 사람이다. 그는 아직 강씨 아줌마에게 고백을 하지 못한 모양이다. 강씨 아줌마는 사장을 절친한 친구로 생각하고 있다. 그래서 사장을 향해 죽을 젓던 국자를 휘두르며 "씨부럴, 남자가 뭐 그래 소심허대" 하며 통쾌하게 웃어대기도 한다. 강씨 아줌마보다 체구가 작은 사장은 아줌마에게 욕을 들을 때마다 어린 소년처럼 웃는다.

노출광이 내가 자신의 사랑에 응해주지 않으면 당장이라도 몸이 타버릴 것 같다고 말했다. 그런 이야기를 아무렇지 않게 하다니, 듣고 있는 쪽이 민망해졌다.

7. 7

동네 헬스장에 등록했다.

찹은 노출광에 대한 이야기를 듣더니, 가슴 큰 여자는 어쩐지 무섭다고 말했다. 그래놓고 가슴 큰 여자가 등장하는 야동은 즐겨 보다니.

집 근처에 괜찮은 도시락 가게가 생겼다. 오늘 치킨마요네즈덮밥을 사 먹었는데, 치킨 다섯 조각과 밥, 특이한 마요네즈 소스가 전부인 것치고 꽤 맛이 있었다. 찹에게는 가게

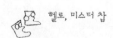

에서 남은 죽을 갖다 주니 아주 좋아했다. 나는 강씨 아줌마가 곧잘 콧속을 긁던 손으로 재료를 다듬는다는 말은 하지 않았다.

전화를 걸어놓고 아무 말 없이 끊어버리는 장난 전화가 세 차례나 걸려왔다.

7. 8

노출광과 사귀게 되었다. 그 애의 이름은 최유리다. 아르바이트가 끝나는 시간에 맞춰 가게에 찾아온 유리와 함께 술을 마셨다. 그 애가 단도직입적으로 우리 사귀어보지 않겠느냐고 물었다. 어느 병맥주를 마시겠느냐고 물을 때와 다름없는 말투였다. 나는 유리의 하늘색 탑에 새겨진 메릴린 먼로의 그림을 잠시 쳐다보았다. 그러고는 이내 승낙했다. 그 애는 기뻐하는 내색을 숨기지 않으며 내 손을 덥석 잡고 웃어댔다.

나는 아직 유리를 좋아한다거나 하진 않지만 그 애에 대해 궁금하긴 하다. 그리고 그 애는 늘 쉴 새 없이 이야기를 해대서 함께 있으면 어쨌든 유쾌하다. 무엇보다 별 부담이

느껴지지 않는 여자라는 게 좋다.

그 애와 나는 맥주를 마시며 서로의 연애 기호에 대해 이야기했다. 나는 집착과 지나친 간섭, 잔소리를 싫어한다고 털어놓았다. 그 애는 지루함과 구속, 거짓말을 싫어한다고 했다.

집에 돌아오자 찹이 한 턱 쏘라고 성화여서 치킨을 주문했다. 우리는 트렁크 팬티 차림으로 함께 드라마를 보며 치킨에 맥주를 마셨다. 강아지는 선풍기 앞에서 꼼짝 않고 누워만 있었다.

조금 염려스러운 마음으로 윤식이에게 전화해서 유리와의 일을 이야기했다. 윤식이는 전혀 신경 쓰지 않는다고 말했다. 녀석은 이미 새로운 사랑에 빠져 있었다. 상대가 누군지 지금은 말해줄 수 없지만 곧 보여주겠다고 했다.

7. 9

스쿠터를 사면 어떨까.

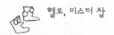

7. 10

장마가 시작되었다. 헬스장에 우산을 들고 가지 않아서 비에 흠뻑 젖었다.

유리와 함께 쇼핑을 하려던 계획이 무산되었다. 마트에서 장을 보고 우리 집에서 함께 요리를 했다. 그 애가 닭갈비와 치즈떡볶이를 만들었다. 서로 썩 어울리는 조합은 아니지만 굉장히 맛있었다. 게다가 매운 닭갈비를 먹어서 붉게 부어 오른 그 애의 입술은 정말 육감적이었다.

지예에게서 강아지 예방접종을 해야 한다는 문자가 왔다. 문자를 늦게 확인해서 답장을 보내지 못했다.

유리가 너무 덥다며 머리카락을 올려 묶었다. 그 애는 지난번에 연애 기호에 대해 이야기했으니 이제 서로의 성적 코드에 대해 얘기해볼 차례라고 했다. 유리가 도발적으로 다가와 막 키스를 하려던 찰나 빌어먹을 장난 전화가 또 걸려왔다!

나는 네 번째 걸려온 장난 전화를 향해 욕을 퍼부었다. "이런 개 같은 새"까지 말했을 때 상대방이 입을 열었다.

"네가…… 정우니?"

남자는 더듬거리며 어머니의 친구라고 말했다.

7. 11

고민 중이다. 어제 전화를 걸어온 것은 나를 만든 정자의
주인인 아버지였다. 그가 한번 만났으면 좋겠다고 말했다.

비가 끈질기게 내리고 있다. 가게에 일을 나갈 때 양말을
한 켤레 더 들고 갔다. 날씨가 우중충한데도 어쩐지 가로수
들은 더욱 싱싱해 보였다. 손님이 적어서 구석 테이블에 앉
아 한참을 졸았다.

집 안이 눅눅하다. 참이 부침개를 부쳐주었다. 그는 욕조
에 들어가 담배를 피우며 물장구를 쳤다. 강아지는 선풍기
앞에서 죽은 듯이 누워 있다.

저녁때 윤식이가 취한 채로 찾아왔다. 자신은 너무 어려
운 사랑을 하고 있지만 여기서 포기할 순 없다고 말했다. 두
시간 동안 떠들어댄 녀석의 말 중에 내가 알아들을 수 있는
얘기는 그것뿐이었다. 내가 들어주지 않자 윤식이는 강아지
를 붙잡고 이야기했다.

어머니는 단 한 번도 아버지에 대해 이야기한 적이 없었

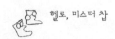
헬로, 미스터 찹

다. 그렇기 때문에 나는 그가 어떤 사람인지 전혀 모른다.

"거울을 보면서 생각하는 편이 빠르겠다. 조금은 너랑 닮았을 거 아냐."

수화기 너머로 유리가 말했다. 그 애는 어렵고 무겁고 복잡한 것을 싫어한다. 그 애가 가볍게 이야기하자, 내가 너무 구시대적인 사고로 심각하게 받아들였던 게 아닌가 하는 생각이 들었다.

7. 12

유리가 만화책을 빌려 들고 집에 놀러 왔다. 그 애는 아버지를 만나보라고 했다. 재벌 2세가 될지도 모르는 기회를 너무 쉽게 버리지 말라는 것이었다. 나는 조금 심란한 마음으로 유리의 가슴을 만졌다. 얇은 옷 아래로 만져지는 가슴은 정말이지 믿을 수 없을 만큼 탄력을 머금고 있었다. 더군다나 한 손에 잡히지도 않는 크기였다!

유리는 혹시라도 재벌 2세가 되거든 자기를 버리지 말라며 돌아갔다.

유리가 돌아가고 난 뒤 강아지를 목욕시켰다. 어머니가

있었더라면(그가 날 찾지도 않았겠지만) 내가 어떻게 하길 원했을까. 참은 자기에게 닥친 일 정도는 스스로 결정하라며 내 등을 두드렸다.

7. 13

강아지가 너무 더위를 타는 것 같아서 털을 깨끗이 밀어주었다. 동물병원에서는 주둥이가 삼각자처럼 생긴 갈색 푸들이 예방접종을 하고 있었다. 나는 십 분 정도 기다리다가 지예에게 강아지를 맡겼다. 그 애가 능숙한 솜씨로 강아지를 붙들고 미용을 시작했다. 털이 반쯤 깎여 나갈 때까지 우리는 아무 말도 하지 않았다. 강아지가 캉, 하고 한 번 짖었다.

"나 남자친구 생겼어."

지예가 말했다.

그래서 나도 여자친구가 생겼다고 말했다. 우리는 이번에는 오래가라는 말을 주고받았다. 나는 요즘 놀이공원에서 티켓 할인 행사를 한다는 사실을 알려주며 남자친구와 함께 가보라고 말했다. 잠시 정적이 흘렀다. 강아지가 한 번 짖어주었으면 좋겠다고 생각했지만 녀석은 지예의 손아귀 안에

헬로, 미스터 참

서 얌전히 창밖을 바라보고 있었다. 나는 쓸데없는 말을 지껄여댄 입을 시궁창에 처넣고 싶었다.

털을 밀어 알몸이 된 강아지는 크기가 반으로 줄어서 우스꽝스러웠다. 병원에 들른 김에 예방주사도 맞혔다. 원장이 주사를 놓고 지예가 의료카드에 체크를 했다.

아버지에게서 다시 전화가 왔다. 만나도 괜찮겠냐는 그의 물음에 나는 그러자고 대답했다. 본의 아니게 목소리가 너무 침울하게 나왔다. 그가 밥도 잘 챙겨 먹지 못하는 스무 살의 고아를 떠올리며 나를 동정했을지도 모른다. 젠장.

7. 14

사장은 강씨 아줌마에게 편지로 마음을 전했지만 거절당했다. 아줌마는 아직도 목사를 사랑하는 모양이다. 사장은 손님들에게 서비스로 떡을 내주는 등 지나치게 쾌활한 척했다. 떡을 먹은 할머니가 맛이 좀 쉰 것 같다며 버럭 화를 내고는 죽 값을 내지 않고 나갔다. 사장은 숲에서 따돌림당하는 고슴도치처럼 외로이 카운터에 앉아 동전을 세고 또 셌다. 나는 위로라도 해줄까 싶어 다가갔다. 그러자 사장이 내가 요즘 근무 태만인 것 같다며 투덜거렸다.

고등학교 동창인 형주가 군에 입대한다고 해서 오랜만에 모임에 나갔다. 형주는 남자는 역시 힘이라며, 가봐서 지낼 만하면 아예 말뚝을 박을지도 모른다고 말했다. 세 시간 뒤 만취한 형주가 야구 모자를 거꾸로 쓴 채로 울며 신촌 바닥을 뛰어다녔다. '날 그냥 내버려둬! 난 남자다! 박선경이 나쁜 년, 잘 먹고 잘 살아라!' 뭐, 이 비슷한 말들을 외쳤던 것 같다. 우리는 마구잡이로 발길질을 해대는 형주가 승용차의 백미러라도 부수지 않을까 조마조마했다. 그러나 녀석은 이내 노래방 간판을 끌어안고 잠들었다. 새벽 2시의 신촌 거리에 부슬부슬 비가 내리기 시작했다. 나는 편의점에 들어가 우유와 내일 아침에 먹을 시리얼을 샀다. 나와보니 길바닥에 잠들어 있는 형주를 제외하고 모두들 사라져버렸다.

형주는 지금 내 침대에서 자고 있다. 찹이 형주의 빡빡머리를 신기해하며 손바닥으로 내리쳐댔다. 다행히도 녀석은 정신없이 코를 골고 있다. 꺼져 있던 핸드폰의 배터리를 충전하니 유리에게서 온 문자 몇 통이 신경질적으로 벨을 울려댔다.

"어디야?" "나 술 마신다." "문자 씹냐?" "낄낄낄, 나는 우주

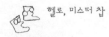

고양이다!"

뒤이어 차례대로 온 문자는 도무지 해석이 불가능했다. 전화를 할까 하다가 늦어서 그만두었다.

7.15

러닝머신 위를 달리며 「진실과 거짓」이라는 프로그램을 보았다. 아동들을 학대하며 일을 시키는 외국의 초콜릿 공장에 대한 내용이었다. 나는 앞으로 절대 초콜릿을 먹지 않겠다고 다짐했다. 러닝머신의 경사도를 막 높였을 때, 옆자리 기계에 근육질의 아저씨가 올라섰다. 상의를 벗어젖힌 그는 초반부터 불같은 속도로 달리기 시작했다. 나는 검게 그은 그의 가슴 근육이 땀으로 번들거리며 흔들리는 것을 보고는 기계에서 내려왔다. 근육이 너무 부풀어서 건강해 보이기보다는 오히려 위태로워 보이는 몸이었다. 분유 통 같은 곳에 들어 있는 근육 강화 단백질 가루를 아침저녁으로 퍼먹고 있는 것이 분명하다. 저런 남자가 아버지라면 어떨까 생각해보았다. 갑자기 왼쪽 다리에 쥐가 나서 운동을 중단해야 했다.

저녁에는 유리와 함께 노래방에 갔다. 그 애는 테이블 위에 올라가서 여자 댄스그룹의 춤을 완벽하게 재연해냈다. 나는 사람들이 문 앞을 지나다닐 때마다 옷을 추켜올리는 척하며 자리에서 일어나 문을 가리고 서 있었다. 천방지축에 감당하기 힘든 여자이긴 하지만 어쩐지 남한테 뺏기고 싶지 않다는 생각이 들었다.

7. 16

지갑을 잃어버렸다. 집에 돌아오는 길에 지하철 화장실에서 볼일을 보는데 옆에서 오줌을 누던 노숙자가 갑자기 내 쪽으로 돌아서는 바람에 운동화에 오줌이 튀었다.

집에 와서 어머니의 침대맡에 놓여 있던 『달라이 라마의 행복론』을 펼쳤다. "분노와 미움의 파괴적인 영향으로부터 보호받고 피난처를 얻을 수 있는 유일한 길은 타인에 대해 인내심과 관대한 마음을 갖는 것이다"라는 구절을 읽었다. 내 지갑을 주워 갔을 익명의 타인을 이해해보려고 노력했다. 어쩌면 병든 할머니의 약 살 돈을 애타게 구하던 어린 소녀가 주워 갔을지도 모르는 일 아닌가. 그러나 운동화를

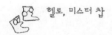

빨며, 아까 그 노숙자가 지갑을 주워 지금쯤 낄낄거리며 소
주를 사 마시고 있을 것 같다는 생각이 들었다. 나는 운동화
를 욕조에 던져버리고 화장실을 나왔다.

7.17

일요일이다. 윤식이가 사랑에 빠진 상대가 누구인지 알
게 되었다. 백화점 문화센터에서 꽃꽂이 강사를 하고 있는
40대의 아줌마다. 아파트 단지에서 배드민턴을 치다가 알게
되었다고 한다. 윤식이는 어떻게 마음을 전해야 할지 고민
이라고 했다. 나는 찌개가 끓고 있으니 삼십 분 뒤에 전화하
겠다고 둘러대고 전화를 끊었다. 그로부터 지금까지 이십삼
분이 흘렀다. 칠 분 뒤 윤식이 자식에게 무슨 말을 해줘야
할까.

7.18

아버지에게서 다시 전화가 왔다. 받지 않으려고 했지만
찹이 핸드폰 통화 버튼을 누르는 바람에 연결이 되고 말았

다. 그가 이번 주말에 종로의 커피숍에서 나를 기다리겠다고 했다. 나는 전화를 끊은 뒤 찹을 어깨에 둘러메고 베란다로 나갔다. 난간 밖으로 집어 던지는 시늉을 하자, 찹이 내 어깨를 깨물고는 등에서 뛰어내려 낄낄거리며 방으로 도망쳤다. 잠시 후 경비실에서 전화가 걸려왔다. 맞은편 아파트에서 내가 어린아이를 집어 던지려고 한다는 신고가 들어왔다고 했다. 나는 방금 전에 곰인형의 먼지를 턴 것이며, 507호에는 스무 살의 외로운 대학생이 혼자 거주하고 있다고 해명했다.

7. 19

저녁, 지예에게서 부재중 전화가 세 통이나 와 있었다. 샤워를 마친 뒤 전화를 걸자 그 애가 잠깐 볼 수 있느냐고 했다. 아파트 단지 앞까지 찾아온 지예를 만났다. 마땅히 갈 데가 없어서 놀이터 벤치에 앉아 있었다. 그 애가 말없이 내 어깨에 머리를 기댔다. 숨을 내쉴 때마다 술 냄새가 풍겼다. 지예는 아무 말도 하지 않았다. 나는 지루해져서 구름에 잠겨 멍청해 보이는 달을 올려다보았다. 삼십 분쯤 지난 뒤 그

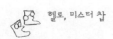 헬로, 미스터 찹

애는 말없이 돌아갔다. 데려다 주겠다고 했지만 마다했다. 들어오는 길에 아파트 현관에 떨어져 있는 매미 허물을 발견했다. 까닭 없이 조금 답답해졌다. 참과 함께 피자를 배달시켜 콜라와 함께 먹어치우며 라디오헤드를 들었다. 때로는 내가 와인 병이었으면 하는 생각이 든다. 머리를 꽉 막고 있는 코르크 마개를 시원하게 뽑아버릴 수 있도록.

7. 20

내년에 심리학과나 중문학과에 지원해볼까 생각 중이다. 미래를 생각하며 발톱을 깎았다. 살을 파고든 엄지발톱을 간신히 잘라내며, 10년 후의 내 모습을 상상해보았다. 나는 불을 끄고 컴퓨터를 하는 습관이 있어서 눈이 조금 나빠져 있을 것 같다. 아마도 10년 후의 나는 무테 안경을 끼고 정보 채널을 보며 발톱을 깎고 있으려나. 결혼은 하지 않을 생각이다. 그때까지 참이 양심이라는 미덕을 알게 된다면, 적어도 내 와이셔츠 정도는 다려주지 않을까 싶다. 강아지는 늙은 개가 되어 몸을 길게 뻗고 누워 야채죽을 핥아 먹고 있겠지.

유리가 쇼핑을 한다고 해서 동대문 야시장에 함께 갔다. 그 애가 산 치마 네 벌에 쓰인 원단 면적을 전부 합쳐봤자 내 청바지 한 벌에 쓰인 원단의 양보다도 적을 것 같았다. 우리는 빽빽 소리를 지르며 돌아다니는 고등학생들을 피해 걸으며 번데기를 사 먹었다. 밤의 노점상 조명 아래서 머리 핀을 살펴보는 유리는 유치원생처럼 천진해 보였다. 지나가 던 사람들이 유리의 향수 냄새를 맡고 어디서 좋은 냄새가 난다고 종알거렸다. 나는 기분이 좋아져서 유리의 어깨를 감싸 안고 바짝 붙어 걸었다. 유리에게 은색 구슬이 붙어 있 는 샌들을 사 주었다. 버스 정거장에 서 있는데 지예에게서 전화가 걸려왔다. 받지 않았다.

7. 21

죽 가게 단골손님이 내게 「어젯밤 꿈」이라는 연극 티켓 두 장을 선물로 주었다. 나는 사장과 강씨 아줌마에게 함께 보러 가시라며 티켓을 주려 했다. 그러나 강씨 아줌마는 "난 의자에 이십 분만 앉아 있으면 치질이 도져"라며 거절했다.

월급을 받았다. 참이 먹고 싶다고 노래하던 광어회를 사

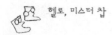

와서 함께 먹었다. 강아지도 우리 주위를 펄쩍펄쩍 뛰어다니며 즐거워했다. 찹이 다음 월급날에는 랍스터를 먹자고 했다. 나는 대기업에 다니는 직장인이 아니라는 걸 모르는 모양이다.

남은 뼈로 매운탕을 끓이는데 강아지가 부르르 떨며 거품을 내뿜었다. 나는 강아지를 안고 허둥지둥 동물병원으로 달려갔다. 수의사가 강아지 목에서 쭈글쭈글한 사탕 껍질을 꺼냈다. 의사가 나에게 평소에 강아지의 행동을 조금 더 주의 깊게 살필 필요가 있다고 말했다. 지예는 보이지 않았다.

유리는 연극 표가 생겼다고 하니 무척 좋아했다. 그러고는 예전에 연극 배우와 잠깐 사귄 적이 있다고 덧붙였다. 그 얘긴 하지 않아도 괜찮았는데.

날씨가 너무 더워서 찹과 함께 거실에 나와서 자기로 했다. 모기향을 틀어놨는데도 허벅지와 팔뚝을 물렸다.

7. 22

아버지를 만날 날이 내일로 다가왔다. 전화번호를 바꾸고 약속 장소에 나가지 말까 생각했다. 그러나 내 쪽에서 구차하게 굴 필요는 없겠지. 참은 기왕 나가게 된 거, 아버지를 만나면 가장 비싼 메뉴들을 골라 실컷 얻어먹고 돌아오라고 했다. 그러고는 인연이란 낚싯줄처럼 질겨 보이지만 사실은 설탕으로 만들어진 실과 같아, 한번 끊어지면 순식간에 녹아 사라져버린다고 했다. 나중에 가서 후회해도 소용없으니 인연이 닿을 때는 일단 못 이기는 척 만나주는 것이 예의라는 것이었다. 설탕이라는 말을 들으니 갑자기 단게 먹고 싶어져서 설탕을 쏟아붓듯이 만든 커피를 마셨다. 너무 마셨나 보다. 잠이 안 온다.

7. 23

끔찍하게 더웠다. 종로로 가는 도중에 소나기가 쏟아졌다. 건물 2층에 위치한 커피숍에 도착했을 때 나는 화장실 벽에 세워진 대걸레처럼 젖어 있었다. 아버지는 삼십 분이나 늦었다. 그는 내 생각처럼 울적한 표정을 짓거나 미안해하는 기색을 내비치지도 않았다. 전화를 걸었을 때처럼 머뭇거리며 말을 꺼내지도 않았다. 아버지가 "나보다 키가 작은 것 같구나. 179센티쯤 되려나?" 하고 물었다. 고등어 등

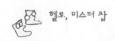
헬로, 미스터 찹

짝처럼 푸르고 싱싱해 보이는 넥타이를 맨 그는 굳이 나를 일으켜 세워 키를 비교해보았다. 과연 그가 조금 더 컸다. 그는 가만히 있을 때도 웃는 상이었으며 낙천주의자처럼 보였다. 나는 난생처음 보는 아버지와 마주 앉아 있다기보다는 학교 교수님과 면담 중인 듯한 느낌이 들었다.

커피숍을 나와, 아버지가 앞장서는 대로 인사동 쪽으로 걸었다. 그리고 상갓집 분위기가 나는 술집에서 김치전에 동동주를 마셨다. 아버지가 어머니에 대해 꺼낸 이야기는 "고집쟁이였지"라는 한마디뿐이었다. 나는 화를 낼 수도 있는 입장이었지만, 그의 말은 마치 어머니와 그 사이의, 내가 끼어들 수 없는 모호한 공간을 향하고 있는 듯하여 잠자코 있었다. 아버지는 자신이 나의 아버지라는 사실을 강조하지도 않았고, 내 앞에서 '아들'이라는 호칭을 쓰지도 않았다. 아버지와의 상봉이 신파극이 될까 걱정한 것은 너무 앞선 생각이었던 모양이다.

아버지는 광고회사에 근무한다고 했다. 나는 술도 거의 마시지 않았는데 조금 어지러워졌다. 아버지가 인사동 입구의 편의점에서 내게 파라솔만큼 커다란 우산을 사 주었다. 다섯 명도 더 들어갈 수 있는 우산을 혼자 쓰고 걷자 길이 꽉 찼다. 부끄러웠다.

집에 돌아오니 목이 부어오르며 열이 올랐다. 찹이 해열제를 꺼내 오고 수건을 적셔 내 이마에 얹어놓았다. 강아지가 걱정스러운 듯 내 배 위에 웅크리고 앉아 나를 내려다보았다. 목에 호두알이 걸린 것 같았다. 힘겹게 눈을 떴을 땐, 강아지 털이 금색으로 보였다.

7. 24

열이 39도 2부까지 올라갔다.

7. 25

아르바이트를 쉬고 병원에 다녀왔다. 의사가 열을 재보더니, 세 살 미만의 어린아이였더라면 정신이상이 될 만한 체온이라고 친절하게 말해주었다. 찹이 닭죽을 만들어 주었다. 유리는 만화책 열두 권을 빌려 들고 병문안을 왔다. 그러고는 알몸과 다름없는 차림새로 내 침대에 함께 누워 잠들었다. 약 기운에 푹 자고 깨어났을 때 유리는 이미 돌아가고

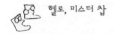

없었다. 베개에 남아 있는 그 애의 향기가 정신을 몽롱하게 했다.

참이 강아지에게 "정우가 아프니 베란다에 나가서 담배를 피울까?" 하고 말을 건넸는데, 거의 외치다시피 말한 것을 보아 나더러 들으라고 한 게 분명하다.

엊그제 아버지를 만난 일이 꿈 같다. 그러나 현관 입구에 세워진 파라솔 우산을 보면 아무래도 꿈은 아니겠지. 우산 한쪽에 노란 주둥이를 벌리고 있는 딱따구리가 커다랗게 그려져 있는 줄은 몰랐다. 알았더라면 종로 한복판에서 우산을 펼치고 다니지 않았을 텐데.

몸이 약해지니 자꾸 어머니 생각이 난다. 역시 아버지를 만난 것이 화근이다. 그날 외출하지 않았더라면 감기에 걸릴 일도 없었을 것이다.

어휴, 이런 유치한 질책은 그만두고 잠이나 자야지.

7. 26

밤 10시에 윤식이가 찾아왔다. 눈가가 퍼렇게 멍이 들어 부어 있고, 콧구멍을 틀어막은 휴지는 코피로 축축하게 젖

어 있었다. 녀석은 하수구에서 앞구르기라도 한 듯 엉망이
된 옷차림으로 내 침대에 벌렁 드러누웠다. 짝사랑에 빠진
유부녀에게 장미꽃 다발을 사 갔다가 그녀의 남편에게 얻어
터졌다고 했다. 윤식이가 내 베개에 냄새나는 양말을 문지
르며 히죽거렸다. 햄 덩어리처럼 배가 나오고 머리가 반쯤
벗겨진 그녀의 남편을 보자 자기에게도 승산이 있을 것 같
다는 생각이 들었다고 했다.

　우리는 유효 기간이 두 시간 지난 편의점 샌드위치를 먹
으며 녀석이 다운받은 프랑스 영화를 보았다. 열일곱 살의
소년과 마흔두 살의 여자가 사랑에 빠지는 내용이었다. 나
는 어쩐지 열이 더 오르는 기분이 들어 약을 먹었다. 영화를
보는 내내 눈에 들어오는 것은 오직 여자 배우의 목에 잡힌
주름뿐이었다.

　엔딩 크레디트가 올라가자 윤식이가 격하게 주먹을 쥐고
벽을 내리쳤다. 영화의 결말은 소년이 다른 소녀를 만나 사
랑에 빠지고, 마흔두 살의 여자는 병에 걸려 혼자 죽어간다
는 것이었다.

7.27

죽 가게에 아버지가 찾아왔다. 아버지는 제일 비싼 전복 죽을 먹고 내 몫으로도 1인분 포장 주문을 해준 뒤에 돌아 갔다. 상씨 아줌마는 아버지가 마치 영국 신사 같다고 말했 다.

사장은 요즘 십자가 목걸이를 걸고 다닌다. 식사 전에는 반드시 기도를 한다. 절실한 기독교인이 된 지 5일째라고 한 다. 사장은 낯을 가린다는 이유로 강씨 아줌마가 다니는 교 회에 다니기 시작했다. 자기 집에서 무려 한 시간 반 거리인 데! 강씨 아줌마는 첫 전도에 성공한 기념으로 교회에서 다 리미를 선물 받았다고 한다.

7.28

팔 근육이 좀 단단해진 것 같다. 찹에게 매달려보라고 했 다. 찹은 내 팔을 철봉 삼아 매달려서 턱걸이를 해 보이더니 엄지손가락을 세웠다. 찹이 내가 요즘 도통 강아지를 산책 시켜주지 않아서 강아지가 가출을 고려하고 있다고 전해주었다.

인적이 드문 자정쯤 참과 강아지와 밤 산책을 나갔다. 아파트 산책로 모퉁이에서 우리 셋과 마주친 중년의 부부가 짧은 비명을 지르고는 미안하다고 사과했다. 참은 신발을 직직 끌며 걸었다. 그가 지예는 어떻게 지내는지 궁금하다고 했다. 나는 유리와 사귄 지 꽤 되었는데 언제쯤 자는 것이 좋을까 고민 중이었다. 그러다가 문득, 윤식이가 유리와 잔 적이 있다는 사실을 기억해냈다. 분노와 함께 알 수 없는 감정이 치밀어 올랐다.

집에 돌아와 목욕을 하기 전, 거울 앞에 서서 천천히 몸을 살펴보았다. 이 정도면 그럭저럭 괜찮은 편이지.

7.29

이상한 소문을 들었다. 우리 학교 농구부 주장이 내가 형편없는 놈이라는 말을 퍼뜨리고 다닌다는 것이었다. 나는 농구부 주장의 얼굴도 모른다.

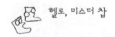 헬로, 미스터 참

7. 30

윤식이 말에 의하면 농구부 주장은 유리에게 고백을 했다가 차인 적이 있다고 한다. 윤식이가 그의 페이스북에서 사진을 보여주었다. 눈썹이 시커멓고 이마부터 턱까지 개미 한 마리가 물구나무서기를 할 틈도 없을 만큼 여드름이 가득 깔린 놈이었다. 나와 말도 한마디 해본 적 없는데, 내가 성격이 비열하고 비인간적이라는 말을 뿌리고 다닌다고 한다. 어쩐지 화를 내기도 귀찮다.

윤식이네 누나가 신혼여행을 다녀오며 면세점에서 구찌 로퍼를 사다 주었다. 윤식이는 페이스북에 올린다며 내 책상에 로퍼를 올려두고 열심히 사진을 찍고 있다.

7. 31

아아! 심장이 튀어나와 "안녕?" 하고 인사할 것 같다. 지금 시각은 9시 48분. 유리가 오기로 했다. 유리는 피자치즈를 사 오겠다며, 치즈김치볶음밥을 만들어 먹은 뒤 함께 자는 것이 어떻겠느냐고 했다. 나는 침대보를 갈고, 샤워를 했다. 수면제가 있었으면 우유에 타서 찹에게 건넸을 테지만 상황이 여의치 않아서 찹과 직접 거래를 하는 수밖에 없었다. 찹은 아침까지 안방에서 얌전히 있기로 하는 대신 세 가지의 요구 조건을 내걸었다. 첫째, 텔레비전을 안방으로 옮겨놓을 것. 둘째, 피자 한 판을 시켜줄 것. 셋째, 다음 주말에 한강 고수부지에 데려가줄 것. 거래는 무사히 성립되었다.

거울을 보니 얼굴이 붉어졌다. 제발 더위 때문이길.

사랑은 지배하는 것이 아니라 자유를 주는 것이다.

−에리히 프롬

8. 1

어젯밤은 환상적이었다. 유치원 때 좋아하던 여자애에게 생일 선물로 뽀뽀를 받아본 이후로 그렇게 순수하게 가슴이 떨린 적은 처음이었다. 나는 알몸으로 잠든 유리의 귓가에 사랑한다고 속삭였다. 우리 둘 사이에 사랑이라는 단어가 처음 등장한 순간이었다. 유리는 쌔근쌔근 숨을 몰아쉬며 잤다. 나는 예전에 잠시나마 유리를 노출광인 가벼운 여자로 생각했던 것을 후회했다. 머리칼 몇 올이 땀에 젖어 이마에 달라붙은 채 잠든 그 애의 얼굴은 말할 수 없이 귀엽고 예뻤다. 아침에 일어나 부엌으로 나가보니, 유리가 내 티셔츠를 걸친 채로 커피를 타 마시고 있었다. 그 애는 화장하지 않은 맑은 얼굴로 "굿모닝" 하고 인사했다.

아르바이트를 하러 간 나는 젓가락 대신 숟가락만 두 개를 갖다 주거나, 야채죽을 시킨 사람에게 해물죽을 가져다 주는 등의 실수를 연발했다. 죽을 시킨 사람은 내가 실수한 사실을 깨닫기도 전에 재빨리 죽을 먹기 시작했다. 해물죽이 1000원이나 더 비쌌으니!

오늘 아침 헤어진 뒤로 유리에게서 연락이 없다. 피곤해서 계속 자고 있는 걸까?

8. 2

유리의 핸드폰이 꺼져 있다. 무슨 일이 있는 걸까. 혹시 어제 아침 집에 돌아가던 길에 사고라도 당한 것은 아닌지. 집까지 데려다 줄걸 그랬나.

8. 3

오늘도 연락이 오지 않았다. 아르바이트가 끝나고 돌아오는 길에 사거리에서 지예와 마주쳤다. 지예가 요즘 어떻게 지내느냐고 물었다. 나는 아무와도 대화를 나누고 싶은 기분이 아니라 "글쎄" 하고 퉁명스럽게 대답했다. 지예는 멋쩍게 서 있다가 잠깐 마트에 들러야 한다며 다른 쪽 건널목으로 건너갔다. 아버지에게서 전화가 걸려왔지만 받지 않았다.

침대에는 아직 유리의 향기가 남아 있다. 불길한 예감이 든다.

8. 4

감이 들어맞았다. 유리가 오늘 저녁 7시 8분에 전화를 걸어왔다. 그 애는 더 이상 내게 매력을 느낄 수 없다고 말했다. 나는 초연하게 받아들이려고 했으나, 정신을 차렸을 때는 핸드폰을 두 손으로 붙잡고 "만나서 얘기하자"며 애걸복걸하는 중이었다. 유리는 지금은 얼굴을 보고 얘기할 때가 아니라고 했다. 나는 마음이 변한 이유를 알려달라고 소리쳤다. 그 애는 "마음이 변한 것이 이유"라고 간단하게 대답하고 전화를 끊었다. 나는 핸드폰을 집어 던졌다. 벽에 부딪치려는 핸드폰을 찹이 낚아채듯 잡았다.

이루 말할 수 없이 비참하다.

8. 5

온종일 계란 프라이 한 개와 두유를 먹은 것이 전부다. 식욕이 없다. 윤식이가 며칠 전 학교 앞에서 유리가 머저리 같은 농구부 주장과 함께 지나가는 것을 보았다고 한다. 그런 여드름투성이보다 못한 존재가 되어버리다니. 몸이 달아오를 정도로 몹시 화가 났다가 갑자기 당장이라도 유리를 찾아가서 붙잡고 싶을 만큼 애가 타는 감정이 반복된다. 나는 미쳐버릴지도 모른다.

8. 6

정오까지 침대에 누워 있다가 찹 때문에 어쩔 수 없이 자리에서 일어났다. 찹이 한강 고수부지에 가기로 한 약속을

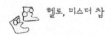

어서 지키라고 나를 재촉했다. 강아지와 참과 함께 택시를 타고 한강으로 향했다. 참은 배낭 속에서 얼굴만 내민 채 강 바람을 쐬었다. 우리는 사람이 없는 고수부지 구석에서 컵 라면을 먹었다. 강물 위로 흰 수건 뭉치 같은 오리들이 떠다 녔다.

저녁이 되자 한 무리의 폭주족이 요란한 소리를 내며 고 수부지 근처를 돌아다녔다. 위험을 느낀 나는 참과 강아지 를 데리고 사람들이 많은 곳으로 자리를 옮겼다. 가슴이 두 근거리자 오랜만에 살아 있다는 느낌이 들었다.

지금은 새벽 3시다. 윤식이가 방금 전에 전화를 걸어, 유 리와 농구부 주장이 사귄다는 사실을 알려주었다. 덕분에 어렵사리 들었던 잠에서 깼다.

8.7

동기들과 술을 마시고 홍대 클럽에 다녀왔다. 춤을 추다 가 어떤 여자가 들고 있던 담뱃불에 손등을 데었다. 키가 크 고 늘씬한 여자는 그을린 피부며 탄탄한 몸매가 전체적으로 건강해 보였다. 그녀가 미안하다며 맥주 한 병을 샀고 우리는 한 시간쯤 같이 춤을 추었다. 지금쯤 유리는 농구부 주장과 비비적거리고 있을지도 모른다는 생각이 들었다. 유리가 경멸스러워졌다. 그리고 그런 상상이나 하고 있는 내가 최악으로 느껴졌다.

인생을 즐겨야겠다. 그렇게 마음먹은 기념으로 그을린 피부의 여자와 키스를 했다. 온갖 냄새가 섞여 썩 좋지는 않았다.

8.8

강씨 아줌마가 자신은 메릴린 맨슨을 좋아한다고 했다. 왜 뜬금없이 그런 말을 꺼내느냐고 했더니 내 얼굴이 짙은 분장을 한 메릴린 맨슨과 흡사하다고 했다. 거울을 보니 과연 눈 밑의 다크서클이 흘러내릴 것 같았다.

아르바이트를 마치고 윤식이와 함께 술을 마셨다. 호프집에서 우연히 옆자리 여자애들과 합석을 하게 되었다. 나는 처음으로 담배를 피워보았다. 목이 따갑고 속이 약간 울렁거렸다. 세 대째에 접어드니 좀 피울 만해졌다.

모두들 흠뻑 취했다. 나는 처음 본 여자애의 어깨를 감쌌

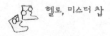

는데, 그 애가 싫은 내색을 하지 않았다. 새삼 이 세상에 여자는 넘치도록 많다는 생각이 들었다. 그 애의 이름이 은정이였는지, 은지였는지 기억이 잘 나지 않는다.

집에 돌아오니 찹과 강아지는 잠들어 있었다. 가스레인지 위에 비시근한 북어국 냄비가 놓여 있었다.

8. 9

일을 마치고 친구가 아르바이트하고 있는 학교 근처 바에 갔다. 그곳에서 농구부 주장과 부원들 틈에 끼어 있는 유리를 발견했다. 유리는 분명 나를 보았지만 아는 체하지 않았다. 나는 지독하게 맛이 없는 화이트러시안을 우유처럼 들이켜고 가게에서 나왔다.

맥주를 사러 편의점에 들렀다. 아르바이트생이 다른 일을 보는 새에, 충동적으로 일회용 면도기와 껌 한 개를 집어 주머니에 넣었다. 들키지 않았다. 도둑질의 쾌감은 사랑의 쾌감만큼이나 짜릿하다. 어쩌면 10년 후의 나는 절도범으로 세상에 이름을 날리게 될지도 모르겠다. 뭐, 그것도 나쁘지 않겠군. 훔친 껌은 찹에게 주었다.

8. 10

밤 10시가 넘어 엊그제 술집에서 만난 여자애에게 전화가 걸려왔다. 술값이 없어서 그러는데 와서 좀 내달라는 것이었다. 옆에서 여자애들의 목소리가 들렸다. 나는 대꾸하지 않고 전화를 끊어버렸다. 두세 번쯤 더 전화가 오더니 "너귀엽다"라는 문자가 전송되었다. 또 전화가 걸려와서 "그만좀 하지!"라고 소리를 질렀는데, 같은 과 선배였다. 선배가곧 군대에 가게 되어서 과외 자리를 넘겨주려고 하는데 관심이 있느냐고 물었다. 한 집의 두 형제를 가르치면 되는데동생은 초등학교 4학년, 형은 고등학교 1학년으로, 각각 영어와 수학을 가르치면 된다고 했다. 거리가 좀 멀긴 했으나보수가 괜찮고, 시간대가 잘 맞았다. 나는 흔쾌히 승낙했다.

8. 11

『인생의 진정한 의미를 찾아서』라는 책을 읽고 있는데 낯선 번호로 전화가 걸려왔다. 병원 응급실이었다. 택시를 타고 응급실에 도착하자, 아버지가 침대 위에서 손을 들어 보

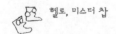
헬로, 미스터 찹

였다. 계단에서 굴러 왼쪽 팔목의 인대가 늘어났단다. 아버지는 며칠만 함께 지내고 싶다고 부탁했다. 나는 단호히 거절했다. 그는 뻔뻔스럽게도 "네 엄마도 싫어하지 않았을 거다"라고 말했다. 나는 화가 나서 붕대 감긴 그의 팔을 깔고 앉고 싶었다. 아버지가 집 열쇠를 잃어버린 것 같다고 곤란해했기 때문에 하루만 우리 집에서 재워주기로 했다.

방금 끔찍한 일이 생겼다. 차가운 녹차를 가지러 부엌에 갔는데 식탁에서 낱말 퀴즈를 풀고 있던 참과, 낮잠을 자고 나오던 아버지가 마주친 것이다. 둘은 얼어붙어버린 듯 잠시 서로를 쳐다보며 말을 꺼내지 않았다. 나는 참이 외국에서 건너왔으며, 유전자 변형의 영향으로 태어난 새로운 인종이라고 장황하게 설명했다. 아버지는 이해하지 못하는 것 같았다. 그러자 참이 담배꽁초를 빈 통조림 깡통에 휙 던지며 아버지에게 악수를 청했다. "태어날 때부터 몸이 좀 아파서"라고 이야기하자 아버지는 단번에 고개를 끄덕이며 악수를 했다. 두 사람은 얼마 전에 있었던 일본과의 야구 경기에 대해 이야기를 나눴다. 나는 아버지에게 짐 창고로 사용하는 빈방을 내주었다.

참이 이제는 개가 되어버린 강아지와 함께 깡충깡충 내

방으로 뛰어왔다. 나는 위험한 사람일지도 모르니 아버지와 이야기를 나누지 말라고 주의를 주었다. 찹은 아버지와 나의 입매가 좀 닮은 것 같다고 말했다. 나는 불만스러운 표정을 지었다. 찹이 "이제 네가 응급실에 실려 가기라도 하면 당장 달려올 사람이 생겨서 다행이지 않아?"라고 말했다. 생각해보니 맞는 말이다.

거울을 들여다보았다. 아무리 봐도 내가 더 나은 거 같은데.

8. 12

유리에게서 전화가 왔다. 술에 잔뜩 취한 채였고, 주변에서 다른 남자애들의 목소리도 들렸다. 유리가 지금 동네로 나올 수 있느냐고 했다. 나는 "내가 네 장난감인 줄 아냐? 재수 없으니까 다시는 연락하지 마"라고 대꾸하고 싶었다. 그러나 어느 참에 벌써 운동화를 꺾어 신고 아파트 계단을 달려 내려가고 있었다. 아직 우리 집에서 기거 중인 아버지가 우유를 마시며 내게 행운을 빈다고 소리쳤다. 찹은 그 곁에서 자기 엉덩이를 철썩 두드리고 엄지손가락을 세워 보이는 이상한 포즈를 취했다. 저질 가트니! 나는 스무 살이나 되었

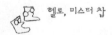
헬로, 미스터 찹

는데 사생활을 너무 침해받고 있는 게 아닐까.

　유리는 몹시 취해서 비틀거리며 지하철역 입구에 서 있었다. 그 애가 나를 보자마자 달려와 목을 끌어안았다. 그러고는 근처 공원의 벤치에 걸터앉아 한 시간 넘게 농구부 주장의 험담을 늘어놓았다. 나는 유리가 다시 내게 돌아오겠다고 말하기를 기다렸다. 그러나 유리는 공중전화 부스 뒤편에 두 번이나 토하고 일어설 때까지 우리 관계에 대한 이야기는 꺼내지 않았다. 실컷 토하고 난 뒤 유리는 안주로 닭갈비와 치즈포테이토, 탕수만두를 먹었다고 설명해주었다.

　그 애가 걷고 싶다고 해서 도로를 따라 걸었다. 나는 유리의 핸드백을 들고 걸었다. 유리가 한참 뒤에 웃으면서 말했다.

　"넌 참 좋은 애야."

　그제야 나는 우리 관계가 전처럼 회복될 수 없으리라는 것을 깨달았다. 그것은 "우리는 더 이상 안 돼"라고 말하는 것보다 더 슬픈 표현이었다. 나는 이미 '좋은 애'의 영역으로 밀려나게 된 것이다. 그리고 유리는 내가 '좋은 애'라는 명목하에, 가끔씩 이렇게 나를 불러낼 것이다. 힘든 것은 나뿐이겠지.

　유리를 데려다 주고 돌아오는 길에 웬 만취한 남자가 전

봇대를 끌어안고 울고 있는 모습이 보였다. 나도 울고 싶은
기분이 들었다.

8. 13

과외를 시작했다. 오늘은 처음 소개를 받은 날이라 인사
만 하고 왔다. 거실에 부엉이와 사슴 머리 박제가 걸려 있는
그 집은 여름임에도 상당히 서늘한 느낌이 들었다. 고1짜리
이름이 훈이, 초등학교 4학년짜리 동생이 석이다. 덩치가 내
두 배쯤 되어 보이는 훈이는 얼굴이 검고 입술이 두툼하다.
그 애는 우울한 표정으로 고개를 떨군 채 내가 묻는 말에만
겨우 대답했다. 집에서 호피 무늬의 미니스커트를 입고 있
던 그 애의 어머니가 "우리 애가 사교성이 부족해요" 하고
말했다. 뒷모습만 보면 여대생이라고 해도 좋을 정도로 늘
씬한 그 애의 어머니를 보자 저 정도라면 윤식이가 유부녀
를 좋아하는 것도 이해할 만하다는 생각이 들었다.

집에 도착하자마자 내게 잠시 기다려달라고 부탁하고는
손을 씻고 양치질을 끝낸 석이는 비타민제까지 한 알 삼킨
뒤 곁으로 다가와 앉았다. 그러고는 은테 안경을 추켜올리

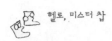

며 수업 교재와 앞으로의 커리큘럼, 그리고 나의 대학 전공에 대해 물어왔다. 얼굴이 희고 눈이 반짝거리는, 작은 다람쥐같이 생긴 초등학교 4학년짜리는 수학경시대회에서 만점을 받지 않은 적이 없다고 한다. 그 애는 내가 단지 의무적으로 성적만 올려주는 과외교사가 아닌, 진솔한 대화를 통해 인생의 멘토가 될 수 있는 선생이었으면 좋겠다고 말했다. 나는 가벼운 두통을 느끼며 집으로 돌아왔다.

8. 14

참이 김치를 담갔다. 나는 그의 곁에 앉아 배추 절이고 속 버무리는 것을 도우며 김치 만드는 법을 배웠다. 절인 배추에 속을 싸서 간을 보니 기가 막히게 맛있다. 참이 만든 김치는 어머니가 만들던 것보다 매웠지만 꽤 괜찮았다.

아버지는 우유를 마시며 우리가 김치 만드는 모습을 구경했다. 그는 우유를 엄청 많이 마신다. 그래서 아직까지 피부가 좋은 건지도 모른다. 나는 아버지에게 언제 집으로 돌아갈 거냐고 물었다. 아버지는 딱히 내 생활에 잔소리를 하거나 귀찮게 구는 일은 없지만 나를 기웃거리는 것을 즐기는 듯하다. 아버지는 내일부터 출근을 해야 하기 때문에 오늘 밤에는 돌아갈 거라고 말했다.

찬장을 열자, 아버지가 티스푼 세트를 가리키며 아는 척을 했다. 내 나이보다 오래된 동물 모양 티스푼 세트가 예전에 아버지가 선물한 것이라고 했다. 원래 다섯 가지 동물 세트였는데 기린과 곰 모양은 목이 떨어져 나가거나 스푼 허리가 부러져서 버렸다.

나는 아버지에게 왜 결혼을 하지 않느냐고 물었다. 그러자 아버지는 찹이 건넨 김치를 우적우적 씹으며 만나는 여자는 있지만 결혼까지 생각해본 적은 없다고 말했다. 맙소사! 만나는 여자가 있다니! 나는 심한 배신감을 느끼며 김치 속을 넣었다. 여자가 있으면서 대체 왜 내게 연락을 했단 말인가! 게다가 능청스럽게 어머니의 숨결이 묻어 있는 집에서 나흘이나 묵다니! 구제할 수 없는 인간이다. 어머니가 알았더라면 분노했을 것이다. 아버지가 돌아가는데 나는 김치를 너무 먹어서 속이 쓰리다는 이유로 방에서 나가지 않았다. 찹이 대신 그를 배웅했다.

부모에게 버림받고 헤어진 애인에게 조롱받는 인생이라니. 나는 세상을 너무 순진하게 살고 있는지도 모른다.

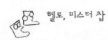 헬로, 미스터 찹

8. 15

고등학교 동창에게 돈을 좀 빌려달라는 연락이 왔다. 졸업 후에 한 번도 연락한 적 없는 애였다. 빌려달라는 액수는 무려 50만 원! 나는 삼십 분에 걸쳐 애원조로 거절을 하고 난 뒤 거울 앞에 섰다. 내가 만만해 보이는 구석이 있는 걸까.

8. 16

죽 가게 사장에게 애인이 생겼다. 그 애인이 아침부터 가게에 찾아와서 죽을 세 그릇이나 먹었다. 둘은 새벽에 약수 터에서 만났다고 한다. 빨간색으로 머리를 염색하고 구슬 달린 핸드백을 들고 온 그 여자는 가게의 안방마님처럼 굴었다. 손님들이 향수 냄새가 너무 지독하다고 수군거리며 인상을 찌푸렸다. 사장은 아주 우울해 보였다.

강씨 아줌마는 다 늙어서 이마에 여드름이 나기 시작했다는 이유로 요즘 예민해졌다. 아줌마는 온통 이마에만 관심이 있을 뿐, 빨간 머리 여자에게는 전혀 관심이 없었다. 빨간 머리 여자가 죽을 네 그릇째 먹기 시작했을 때, 사장이 그녀에게 제발 머저리처럼 죽을 흘리고 먹지 말라고 소리를 질렀다. 분명 강씨 아줌마를 대상으로 한 질투 유발 작전이 실패해서 화가 난 것이리라.

8. 17

강아지 사료를 사러 갔다가 지예를 만났다. 지예는 얼마 전부터 요크셔테리어를 키우고 있다고 한다. 나는 강아지 사료만 사 들고 나오기가 아쉬워 가게 안을 얼쩡거리다가 뼈다귀 모양 장난감과 오뚝이도 샀다. 계산을 하려다가 지갑 속에 있는 「어젯밤 꿈」 연극 티켓을 발견했다. 공연 일자가 지난 티켓을 보자 이상하게도 쓸쓸한 기분이 들었다.

지예는 갑자기 생각났다는 듯, 가게에 영화 할인 쿠폰이 무더기로 왔으니 가져가라고 했다. 나는 삼류 건달처럼 "네가 같이 갈 수 있으면 받아 갈게" 하고 말했다. 지예는 잠깐 고민하는 듯하더니, 이번 주 토요일이라면 괜찮다고 대답했다.

윤식이에게서 유부녀에게 점심 약속을 받아내는 데 성공했다는 문자가 왔다. 윤식이가 정말 그 여자를 좋아하는 것인지 아니면 불가능한 관계에 대한 집착과 오기를 즐기는

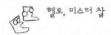

것인지 모르겠다는 생각이 들었다. 이런 얘기를 하자 찹은 내가 유리를 그리워하는 이유도 비슷한 게 아니냐고 했다.

8. 18

고1 훈이의 과외를 하는 내내 나는 정신과 상담의가 된 기분이 들었다. 그 애는 손톱을 깨물며 내게 '삶과 죽음의 경계'에 대해 물었다. 그리고 자신이 왕따라는 것과, 계속 살아가야 할 이유가 없다는 이야기를 털어놓았다.

반면 한 시간 뒤에 수업을 한 석이는 장래에 외교관이 되어야 할지 판사가 되어야 할지 고민이라고 말했다. 요즘은 학교 생활 하랴, 학원 다니고 과외하랴, 성당의 모임에 참석하랴 바쁘다고 했다. 몸이 세 개쯤 되었으면 좋겠다고 너털웃음을 웃는 석이의 얼굴을 보고 있노라니, 용궁에서 올라온 백오십 살쯤 된 거북이 할아버지와 마주하고 있는 듯한 기분이 들었다.

아르바이트에 과외까지 마치고 나니 꽤 피곤했다. 그러나 생활이 바빠서 몸이 피로해지니 오히려 삶에 대한 의욕이 충만해지는 것 같다. 상쾌한 기분으로 샤워를 마치고 바나

나를 먹으려 하는데 문자 메시지가 도착했다. 모르는 번호로부터 "개새끼, 가만두지 않겠다!"라는 내용으로 왔다. 잘못 보낸 모양이라고 정중하게 답장을 보냈는데 잠시 후 전화가 걸려왔다. 혀가 꼬인 상대방의 이야기를 한동안 듣고 나서야 그가 농구부 주장이라는 것을 알아챌 수 있었다. 자세한 내용은 알 수 없지만 그가 유리와 헤어졌다는 것만은 분명하다. 유리와 다시 만나리라는 기대는 하지 않지만, 아무튼 유쾌한 소식이다!

8. 19

아버지와 저녁을 먹었다. 금요일의 강남역 거리는 매우 붐볐다. 와인과 함께 스테이크를 먹었는데, 아버지가 아직 붕대를 풀지 않아서 내가 대신 고기를 썰어주어야 했다. 아버지가 젊었을 적의 어머니에 대해서 이야기해줄 테니 그 이후 어머니가 내게 어떤 어머니였는지 이야기해달라고 했다. 나는 대답하고 싶었지만, 어머니에 대해 하나씩 떠올리자 휴지 뭉치를 삼킨 것처럼 속이 답답해져서 입을 열 수 없었다. 아버지는 젊을 적의 어머니는 사슴의 몸을 한 멧돼지 같은 여

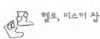 헬로, 미스터 찹

자였다고 말했다. 칭찬인지 욕인지 알 수 없었다. 구체적인 이야기를 듣고 싶었지만 재촉하는 모습을 보이고 싶지 않아서 잠자코 있었다. 아버지는 더 이상 말을 잇지 않았다.

이 세상에 없는 사람에 대해 이야기하는 것은 빈 주머니를 뒤지는 것처럼 허전한 일이라는 생각이 들었다. 그러다 아버지가 마침 "경희는 술만 마시면 사람이 180도 달라졌더랬지"라고 말했기 때문에 나는 퍼뜩 정신이 들었다. 어머니가 술을 마시는 모습은 한 번도 본 적이 없었다. 아버지는 이번에도 입을 닫고 더 이상 말해주지 않았는데 어쩐지 나를 놀리고 있는 듯한 기분이 들었다. 나는 집에 오는 내내 술 취한 어머니에 대해 상상했다. 어떤 모습이든 굉장히 귀엽고 웃겼을 것 같다.

8.20

지예와 영화를 보러 갔다. 영화관 두 곳을 들렀으나, 보려고 했던 전쟁 영화는 전부 매진이라 하는 수 없이 코미디 영화를 보았다. 기대하지 않고 봐서 그런지 생각보다는 재밌었다.

나는 영화관 앞의 분수대에 앉아서 담배를 피웠다. 지예가 언제 담배를 피우기 시작했느냐고 묻자, 내가 그간 좀 성장한 듯한 기분이 들어 피식 웃어주었다. 분수대의 조명이 바뀌는 걸 보고 있자니 분위기가 좋아져, 지예와 손이나 한 번 잡아볼까 싶어졌다. 그러나 지예는 슬그머니 내 손을 피하며 곧 동물병원이 확장될 것 같다는 이야기를 했다. 지예의 옆모습을 보자 몇 달 전 처음으로 함께 영화를 봤던 때가 떠올랐다. 그리고 약간 아련한 기분이 들었다. 데이트를 했던 기억 외에도 그 당시의 따뜻했던 바람 냄새와 나의 얼얼하면서도 설레었던 마음이 문득 떠올랐기 때문이다. 아무래도 달빛과 분수는 사람을 감상적이게 만드는 힘이 있는 모양이다.

8. 21

끔찍한 일이 두 가지 일어났다.

첫째, 싱크대 수도가 고장 난 것—화장실에서 물을 받아 밥을 지어야 했다.

둘째, 삼촌이 돌아왔다—어머니 장례식 이후 프랑스로 떠

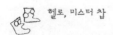

났던 괴짜 삼촌이 돌아왔다. 물론 그가 키우던 검은 고양이
도 함께.

8. 22

　과외를 하는 도중 훈이가 두 팔에 얼굴을 묻고 울었다. 그
애가 내게 인터넷 자살 동호회에 대해 설명해주었다. 훈이
어머니가 간식으로 과자를 갖다 주며 내 손등을 만졌다.

　삼촌은 아직 여독이 풀리지 않았으니 내일 저녁쯤 집에
찾아오겠다고 했다. 30대 후반의 삼촌은 중년 여성들이 입
는 의류를 디자인하는 디자이너다. 그는 자기가 키우는 고
양이 '마리앙뜨와네뜨'처럼 발뒤꿈치를 들고 걷는 습관이
있다. 우리 집안에서 삼촌과 연락을 하며 지내는 사람은 나
와 어머니뿐이었다. 이제 어머니가 없으니 나뿐이로군. 삼촌
은 나를 '정우 군'이라고 부른다. 그와 그의 마리앙뜨와네뜨
는 딸기우유 중독자다. 그는 신경질적인 고양이 마리앙뜨와
네뜨를 키우기 전에는 '치타'라는 이름의 닭을 키웠다. 아파
트 관리실에서 경고를 받은 뒤 어딘가로 보내야 했지만 말
이다.

8. 23

삼촌이 찾아왔다. 강아지와 마리앙뜨와네뜨가 한바탕 싸움을 벌였다. 삼촌은 초콜릿 향기가 나는 얇고 검은 시가를 피웠다. 나는 아버지에 대해 이야기했다.

"미스터 박이라면 나도 잘 알지."

삼촌이 파마한 단발머리를 만지작거리며 말했다. 그는 내가 외로우면 언제든 함께 살 마음이 있다고 밝혔다. 단, 삼촌과 동거하고 있는 동성연애자 연인도 함께.

"내가 너였다면, 미스터 박과 함께 살았을 텐데. 아주 매력적인 남자거든."

삼촌은 보기에 민망할 만큼 딱 달라붙는 비닐 소재의 바지를 입고 있었는데, 움직일 때마다 비닐봉지를 마주 비비는 소리가 울렸다. 나는 아버지가 몹시 뻔뻔스러운 사람이며, 이제 와서 그를 아버지로 대우할 마음은 조금도 없다고 말했다. 삼촌이 갈색으로 염색한 수염을 만지작거리며 낄낄거렸다. 아버지를 싫어하면서 줄곧 아버지 얘기만 꺼내는 것은 모순이 아니냐고 했다.

"모순은 카스텔라처럼 달고 부드러운 것. 그래서 우리는

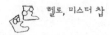
헬로, 미스터 찹

늘 모순 덩어리를 씹지 않고 삼키며 살아가지."

삼촌은 알 수 없는 이야기에 멜로디를 붙여 노래를 불렀다. 그가 예전에 어머니, 아버지와 셋이 밤새도록 카드놀이를 한 적이 있다고 말했다. 아마도 그때 나는 포대기 속에서 공깃꾳꼭지를 빨며 솔고 있었던 것 같다고도 했다. 어머니가 나를 낳은 뒤에도 아버지를 만난 적이 있다니! 무언가에 기만당하고 있다는 기분이 들었다.

삼촌이 와인 한 병을 선물로 두고 돌아갔다. 그가 돌아가자마자 참이 뛰어나와, 식빵과 함께 와인 반병을 비웠다.

8. 24

아르바이트를 마치고 동물병원 앞을 지나다가, 지예가 다른 남자와 웃고 있는 모습을 목격했다. 이상하게도 불쾌한 기분이 들었다.

사람은 무엇으로 사는가. 허무하다.

8. 25

지금 나는 마치 바다 위에 내던져진 스티로폼 조각 같다. 파도가 출렁이는 대로 생각 없이 움직인다. 개강이 다가온다. 삼촌이 나에게 주려고 만든 옷 세 벌을 경비실에 맡겨놓고 갔다. 가장 평범한 옷의 디자인을 설명하자면 가슴께에 깃털이 잔뜩 붙은 흰 옷으로, 맨정신으로는 도저히 입을 수 없을 것 같다.

윤식이에게서 전화가 걸려왔다. 녀석은 유부녀와 함께 스파게티를 먹고 영화까지 봤다고 했다. 영화를 보던 중에는 유부녀가 먼저 윤식이의 손을 잡았단다. 나는 "머지않아 침대로 직행하겠군" 하고 비아냥거렸다. 그리고 일을 치를 때는 반드시 불을 끄는 게 좋을 거라고 충고도 했다. 여자의 목 주름을 보고 물건이 죽어버릴지도 모르니까. 윤식이는 내가 너무 비관적이고 구시대적인 시선으로 세상을 본다고 말했다.

나는 전화를 끊고 베란다에 나가 빨래를 널었다. 세상이 엉망으로 돌아간다. 우리 집에는 꽃 화분에 담배꽁초를 비벼 끄는 심술궂은 난쟁이가 살고 있으며, 다른 여자와 연애

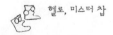
헬로, 미스터 찹

중인 아버지는 20년 만에 나를 찾아와 며칠 전에 담근 김치를 좀 나누어 달라고 염치없는 부탁을 한다. 과외 학생은 방금 내게 '아파트 옥상에 올라와 있다'는 문자를 보내왔으며, 친구는 유부녀와 연애를 시작했다.

게다가 치약까지 떨어졌군.

8. 26

꿈을 꿨다. 나는 등에 태엽이 달린 생쥐 인형이었다. 나는 태엽을 감으려 했다. 그러나 막 손을 내뻗은 순간, 태엽이 나를 빙빙 돌리기 시작했다. 몹시 어지러웠다. 세상이 뒤집어진 서랍처럼 쏟아져 내릴 것 같았다. 두 팔을 휘저으며 아우성을 치다가 깨어났다. 깜짝 놀라 주변을 둘러보았다. 책상도 의자도 전부 그대로였다. 참은 내가 만사에 회의를 느끼는 허무주의자가 될지도 모른다고 비웃었다.

다행히 훈이는 옥상에서 뛰어내리지 않았다.

8.27

지하철을 탔는데, 벽돌같이 두꺼운 슬리퍼를 신은 여자가 내 발가락을 밟았다. 어린 초등학생들이 지하철 손잡이에 매달려 원숭이 떼처럼 소란을 피웠다. 그 애들의 부모는 흐뭇한 표정으로 아이들을 쳐다보고 있었다. 명동에서 수염이 흰 노인이 확성기에 대고 지구 종말에 대해 소리치는 것을 들었다. 나는 걸음을 멈추고 십 초가량 유심히 귀를 기울였다.

삼촌과 그의 민머리 연인이 내일 저녁 식사에 나를 초대했다. 며칠 전에 선물한 옷을 입고 오면 좋겠다고 했다. 설마, 내가 잘못 들은 거겠지…….

강아지 발톱을 깎아주러 온 지예와 찹이 마주쳤다. 찹은 아버지에게 했던 것처럼 "몸이 아파서"라고 둘러대며 지예에게 악수를 청했다. 지예가 찹의 손톱을 깎아주고 머리까지 감겨주려고 했다! 찹은 단지 체구가 조그마할 뿐, 능글맞기 짝이 없는 난쟁이라는 것을 말해주었지만, 나만 매정한 인간 취급을 당했다. 찹의 존재가 더 이상 알려지지 않도록 조심해야겠다. 찹이 세상에 드러난다면, 각종 매체의 기자들

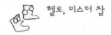
헬로, 미스터 찹

이 우리 집 현관문의 신문 배달 구멍을 비집고 카메라를 들이밀겠지.

8.28

삼촌의 집에 초대받아 가서 새우구이를 먹었다. 키가 190센티미터에 가까운 삼촌의 연인 달배 씨는 매우 선량한 사람이었다. 그는 가정환경이 불우한 초등학생들의 인권을 보호하기 위한 작은 시민단체에서 활동을 하고 있다고 했다. 교사들의 아동 성희롱이나 인격 모독 등을 고발하는 활동을 주로 한다고 했다. 나는 다음 주 주말 세미나에 참여해 그를 돕기로 했다. 달배 씨는 내가 그 활동을 통해 삶의 의미를 찾을 수 있을 거라고 확신했다.

삼촌은 내게 선물한 것과 똑같은 깃털 옷을 입고 있었다. 그는 우리가 친척 사이인 것을 조금 더 강조할 필요가 있다고 했다. 그 옷은 유니콘을 탈 때나 입을 법한 승마복처럼 보인다. 흰 깃털 옷을 입고 구운 새우의 눈알을 소리 내어 씹어 먹는 삼촌은 중세시대의 가난한 귀족 같았다.

집에 돌아오니 아버지가 와 있었다. 아버지는 만취한 채

로 마치 바나나 껍질처럼 소파에 널브러져 있었고, 찹이 낑
낑거리며 아버지의 양복 윗도리를 벗기는 중이었다.

"애인에게 차였다는군."

찹이 새끼손가락을 들어 보이며 말했다. 나는 피로가 몰
려오는 것을 느끼며 비틀비틀 방으로 들어왔다. 와인을 너
무 마셨나 보다.

내일이면 개강이다.

8. 29

죽 가게 아르바이트를 주말에만 하기로 했다.

오랜만에 강의실에서 마주친 유리는 아프리카 여자처럼
피부가 새까맸다. 새로 생긴 피부관리숍의 이벤트에 당첨되
어 공짜 태닝을 받았다고 했다. 우리는 함께 베란다에 나가
담배를 피웠다. 그 애는 요즘 남자라는 동물에 대해 다시 한
번 생각해보고 있다고 했다. 또래의 남자애들은 자기에 비
해 너무 어리고 철이 없다는 것이었다. 나도 모르게 유리의
이마에 돋은 여드름을 쳐다보았다. 유리는 태닝 오일 부작
용이라며 바쁘게 화장을 덧칠했다.

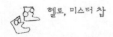
헬로, 미스터 찹

아버지가 퇴근 후 또 우리 집으로 왔다. 은근슬쩍 가족의 일원으로 끼어들려는 속셈이 뻔히 보인다. 아무래도 이 문제에 대해서는 진지하게 이야기해볼 필요가 있겠다.

8. 30

가엾은 내 친구 윤식이. 녀석은 유부녀에게 투피스를 사주기 위해 공사장에서 아르바이트를 시작했다. 나는 녀석의 사랑을 인정하기로 했다.

8. 31

"세상의 모든 관계를 그래프 그리듯 분명하게 점 찍어 그을 수는 없는 거 아니겠니."

아버지가 말했다.

"하지만 이대로는 불편해요."

내가 말했다.

"나는 괜찮은데?"

참이 말했다.

"우리는 좀 더 친해질 필요가 있어. 서로를 위해서 말이다."

아버지가 말했다.

"저는 그러지 않아도 잘 살고 있어요."

내가 말했다.

"오늘 저녁은 삼겹살 어때?"

찹이 말했다.

"언젠가 그렇지 않을 때가 올 거다. 그땐 너도 내가 필요해질 거야. 삼겹살, 좋지!"

아버지가 말했다.

"꼭 이렇게 무리할 필요가 있겠어요?"

내가 말했다.

"버섯도 함께 구워야겠군!"

찹이 말했다.

"이해해라. 오늘은 내가 외로워서 찾아온 거란다. 버섯도 좋지!"

아버지가 말했다.

좋은 집이란 구입하는 것이 아니라 만들어지는 것이어야 한다.

—조이스 메이너드

9. 1

과외를 미루었다. 동기의 생일이어서 함께 술을 마셨다. 나는 흠뻑 취해 기분이 좋았다. 버스 정거장에서 내려 한참을 걷다가 정신을 차려보니 동물병원 앞이었다. 나는 셔터가 내려진 동물병원 앞을 서성이다가 지예에게 전화를 걸었다. 무어라고 큰 소리로 횡설수설한 것 같은데 기억은 잘 나지 않는다.

9. 2

술에서 깨어나보니 지예와 나는 커플이 되어 있었다. 내가 어제 "네가 없으면 냉동고 구석에 처박힌 동태처럼 춥고 외로워"라고 고백했다고 한다. 그런 유치하고 촌스러운 고백을 받고 교제를 허락하다니! 매우 혼란스럽다. 참은 남자답게 행동하라며 내 어깨를 두드렸다.

학교 식당에서 된장찌개를 먹고 있는데, 문자 메시지가 도착했다. 농구부 주장이 내게 결투를 신청했다. 나는 뻐근한 목을 주무르며 체육관 앞으로 나갔다. 주장은 그사이 여드름이 더 심해져 있었다. 그는 내가 아직 유리를 놓아주지 않아서 유리가 매우 힘들어하며 자신을 떠나간 것이라고 생각하고 있었다. 나는 어제 막 새로운 연애를 시작하게 되었다고 말해주었다. 그러자 그는 들고 있던 농구공으로 바닥을 세차게 한 번 때리더니, 얼굴이 붉어졌다. 기뻐하는 건지 분노하는 건지 알 수 없었다.

내가 새로운 연애를 한다는 이야기는 놀라운 속도로 번졌다. 유리는 내게 축하한다는 문자까지 보냈다. 건성으로 보낸 듯 보이기 위한, 고의적인 오타가 눈에 띄었다.

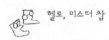 헬로, 미스터 참

9.3

달배 씨를 따라 봉사 활동에 나섰다. 우리는 골목이 몹시 복잡하게 엉켜 있는 달동네를 돌아다니며, 불우한 가정의 취학 아동들을 대상으로 학교생활에 대한 상담을 해주었다. 아이들은 대부분 병든 할머니나 할아버지와 함께 살고 있었고, 본래 나이보다 열 살쯤 더 성숙해 보이는 눈빛을 띠고 있었다. 아이들은 자기들이 별 문제 없이 학교에 잘 다니고 있다며, 공짜 급식을 먹게 해주어서 고맙다는 인사까지 했다. 나는 진심으로 마음이 짠해졌다. 다섯 번째 들른 집 여자애는 조금 달랐지만!

그 애는 폐휴지를 주우러 다니는 할아버지와 함께 사는 아홉 살짜리 여자애였는데, 자기를 '체리'라고 부르지 않으면 몹시 화를 냈다. 앞니가 툭 튀어나오고 주걱턱인 그 애의 본래 이름은 봉말숙이었다. 그 애는 우리가 사 들고 간 오렌지 주스가 너무 시고 맛이 없다며 인상을 찌푸렸다. 게다가 우리의 봉사 활동이 너무 어설프고 미진한 탓에 요즘 자신의 학교생활이 이루 말할 수 없이 형편없다고 화를 냈다. 여자 담임이 차별 대우를 한다는 것이었다. 자기가 그린 미술

작품에 대해서는 전혀 칭찬을 해주지 않으며, 고작 점심시간에 담을 넘어 슈퍼에 다녀온 일로 방과 후 한 시간 동안이나 벌을 세웠다고 했다.

그 애는 집을 나서려는 우리를 불러 세우더니 '머리카락을 좀 다듬고 싶은데 돈이 없다'고 말했다. 달배 씨는 카드밖에 없었기에 내가 지갑에서 만 원짜리 한 장을 꺼내 주어야 했다. 그 애가 나를 위아래로 훑어보더니 내가 남 미용실 갈 돈이나 주고 있을 상황이 아닌 것 같다고 말했다. 내 머리 스타일이 무인도에 5년쯤 갇혀 있던 로빈슨 크루소 같다는 것이었다.

방문 활동을 끝내자 단체에서 내게 담당 아동을 네 명 지정해주었다. 시험 활동 기간 동안 나는 주기적으로 아이들에게 전화를 돌리고 안부를 묻기만 하면 된다. 스무 살이 되어 처음으로 보람된 일을 시작한 것 같다. 이 사실을 안다면 어머니도 분명 기뻐하겠지.

9. 4

죽 가게 사장과 강씨 아줌마가 사귀기 시작했다. 둘은 교

 헬로, 미스터 찹

회에서 소풍을 간 날, 함께 이인삼각 달리기를 하면서 친해졌다고 한다. 아줌마와 사장은 다리를 한쪽씩 묶고 잔디밭을 달렸는데, 사장이 그만 넘어지고 말았다. 그날 일등 상품은 믹서였다. 아줌마는 화가 나서 사장을 호수에 집어 던지고 싶은 심정이었지만, 사장은 경기가 끝나자마자 어디론가 사라져서 나타나지 않았다고 한다. 한 시간쯤 흘렀을 무렵, 아줌마가 도시락을 먹고 있는데 사장이 커다란 상자를 들고 성큼성큼 잔디밭 안으로 들어왔다. 사장이 요즘 할인 마트와 홈쇼핑에서 인기를 끌고 있는 믹서를 강씨 아줌마 앞에 내밀며 말했다고 한다.

"이 믹서는 뭐든 갈아버릴 수 있지만 당신을 향한 내 마음만은 절대 갈지 못해."

이 대목에서 나는 감자를 깎던 칼에 손끝을 베일 뻔했다. 인간의 유치함은 사랑이라는 이름하에 어디까지 용납될 수 있는 것인가!

집에 돌아오는 길에 지예로부터 배고프지 않느냐는 문자가 왔다. 나는 장난삼아 "너의 사랑이 있으면 나는 먹지 않아도 배가 불러"라고 답장을 보냈다.

그 뒤로 세 시간째 연락이 없다.

9. 5

이곳은 아버지 집이다. 나는 지금 펜을 쥘 힘도 없을 만큼 지쳐 있다. 오늘 일에 대해서는 내일 기록해야겠다.

9. 6

오늘 아침 눈을 떴을 때 내가 아버지 침대에 누워 있다는 사실을 깨닫고 잠시 현기증을 느꼈다. 나는 옆에서 술에 취해 코를 골아대고 있는 찹을 흔들어 깨웠다. 찹은 숙취로 머리가 조금 아프다고 한 것을 제외하고는 매우 유쾌해 보였다.

어제 아버지와 삼촌과 삼촌의 애인, 그리고 찹이 한자리에 모였다. 그들은 이틀 전부터 나 모르게 우리 집에서 저녁 약속을 잡아놓았다. 찹이 오리고기 요리를 했고, 삼촌이 들고 온 와인 두 병과 함께 식사가 시작되었다. 순식간에 와인이 떨어지자 아버지가 맥주와 소주를 사 왔고, 모두들 괴상한 폭탄주를 만들어 자정이 넘도록 부어 마셔댔다. 순한 곰돌이 같던 달배 씨는 술에 취하자 내 방에 장식용으로 놔둔

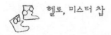
헬로, 미스터 찹

소화기를 흔들어 사방에 분사해댔다. 우리 집은 온통 희부연 소화액으로 뒤덮였다. 분명히 안방 문을 잠가놓은 줄 알았는데 아버지는 어느새 어머니의 침대에 앉아 옛날 앨범을 들여다보고 있었다. 삼촌은 참을 붙들고 무슨 하소연을 하며 울어댔다. 참은 "나 돌아가리라, 나의 안데룰라 섬으로"라는 이상한 노래를 부르며 삼촌을 위로했다. 강아지는 소화액 사이를 뛰어다니며 눈밭을 달리는 개처럼 즐거워했다. 집 안이 소화액으로 온통 엉망이 되었으므로 우리는 잠잘 곳이 없었다. 삼촌과 달배 씨가 돌아간 뒤, 아버지가 콜택시를 불러 나와 참과 강아지를 자신의 집으로 데리고 왔다.

아버지의 집은 우리 집보다 평수가 넓다. 게다가 홈시어터부터 와인냉장고, 최신형 청소기까지 없는 게 없다. 어머니가 바쁘게 나를 키우는 동안 아버지는 혼자 여유로운 생활을 누리며 싱글의 삶을 살고 있었다는 생각을 하자 화가 났다.

"화가 나고 질투가 나고 원망스러운 감정은, 그 기분이 어떻다는 것을 떠나서 일단 누군가와 더불어 지내는 삶을 살고 있다는 증거 아니겠어? 아무것도 없는 진공 상태의 외로움을 느끼는 것보다야 인간적이잖아."

찬 우유를 들이켜던 찹이 말했다. 나는 찹의 입 주변에 수염처럼 남은 흰 우유 자국을 보며 킬킬거렸다.

9. 7

아이들에게 안부 전화를 돌렸다. 말숙, 아니 체리는 다짜고짜 또 나에게 소리를 질러댔다. 반 아이들이 자기를 왕따 시키고 있다는 것이었다. 그 애는 내가 도와주지 않으면 학교를 그만두고 가출해버릴 거라고 협박조로 말했다. 나는 당최 어떻게 도와줘야 할지 방법이 떠오르지 않았다. 지예가 그 애를 불러내서 맛있는 것을 사 먹이자고 말했다.

윤식이에게 전화가 걸려왔다. 녀석은 결국 유부녀에게 값비싼 투피스를 사 주었다고 한다. 유부녀는 그 투피스를 입고 엊그제 자신의 남편과 함께 파리로 여행을 떠났단다. 윤식이는 아직도 자신의 사랑이 반드시 이루어질 것이라고 믿고 있다. 사랑, 인간을 기만하는 작고 악랄한 요정이여!

9. 8

아버지가 멋대로 앨범에서 어머니와 나의 사진을 빼 갔다는 사실을 알게 되었다. 나는 전화를 걸어 또다시 우리 집에서 무언가를 말없이 훔쳐 갈 생각이라면 앞으로 절대 찾아오지 말라고 소리쳤다. 그러자 아버지가 "너처럼 쪼잔하고 치사스러운 남자는 본 적이 없다!"라고 맞받아 소리를 지르고 전화를 끊어버렸다.

젠장!

9. 9

시간이 너무 금방 흘러간다. 오늘 학교 앞 돈가스 정식 가게에 체리를 데리고 갔다. 지예는 그 애를 만난 지 삼십 분만에 서로 장난을 치고 웃는 사이가 되었다. 내가 돈가스를 잘라주려고 했더니 그 애가 "잘못 자르면 새로 시켜달라고 할 거예요"라며, 마치 김치 담그는 며느리를 감시하는 시어머니처럼 나를 지켜보았다. 게다가 내가 말을 시키면 퉁명스럽게 입을 비죽이고 좀처럼 대답하지 않았다. 지예는 체리가 나를 좋아하는 것 같다고 말했다. 그러자 체리가 가게 안의 사람들이 모두 쳐다볼 만큼 큰 소리로 웃어젖혔다.

"난 한 살 연하 남자친구가 있어요. 여덟 살인데 오빠보다 섹시하지요."

이어 지예와 체리는 '남자들의 미숙함'에 대해 열띤 대화를 나누었다. 원래 봉사 활동이란 것이 대부분 이렇게 이루어지는 것인가?

윤식이는 파리에서 국제 전화가 걸려왔다고 좋아했다. 유부녀는 지금 에펠탑이 바라다보이는 호텔에 묵고 있는데, 파리의 야경을 보고 있으려니 윤식이가 떠오른다고 했단다. 어리석은 내 친구, 그런 말에 감동하다니.

9. 10

아버지가 집 앞까지 찾아와서 사진을 돌려주었다. 그러고는 운전석에 앉아 차창을 내리고 몹시 흥분한 채로 내게 말했다.

"난 어디까지나 경희가 원하는 대로 했던 것뿐이다! 늘 혼자였던 쪽은 나란 말이다!"

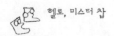 헬로, 미스터 찹

약간 취기가 있는 듯한 아버지는 곧장 차를 몰고 돌아갔다. 아버지가 어머니의 이름을 언급할 때마다, 나는 어머니가 마치 한 번도 본 적이 없는 낯선 젊은 여자인 듯한 착각이 든다.

삼촌으로부터 충격적인 사실을 들었다. 내가 백일이 지났을 무렵에 석 달 정도 아버지의 손에 맡겨진 적이 있다는 것이다.

"누나는 어렸고, 잠깐 산후우울증까지 찾아와서 다소 혼란스러워했지."

삼촌이 대수롭지 않게 말했다.

내가 갓난아기 때 있었던 일을 기억하지 못한다는 사실이 유감스러웠다. 어쩌면 나는 축복받지 못한 아기가 아니었을까? 그러자 삼촌이 너무 멀리 끌고 가지 말라며 혀를 찼다.

"미스터 박은 꾸준히 양육비를 보냈을 거야. 적어도 내가 듣기론 그랬어. 네가 입고 다닌 교복이나 아끼던 운동화들을 어쩌면 미스터 박이 사준 셈일 수도 있다는 거지. 그러니까 뭐, 그렇게까지 미워할 필요 있겠니? 어떻게 보면 미스터 박도 불쌍한 남자인데 말이야."

여기까지 말한 삼촌은 "불쌍한 남자에겐 단조가 어울려"

라며 알 수 없는 소리를 흥얼거렸다.

오랜만에 어머니 침대에 누워서 일기를 쓰고 있다. 화장
대 사진 속의 어머니는 여전히 맑은 피부를 빛내며 부드러
운 미소를 짓고 있다.

9. 11

강씨 아줌마와 사장은 틈만 나면 손을 잡고 있다. 둘은 핸
드폰 고리까지 같은 것으로 맞추었다. 무려 날개 달린 하트
모형!

아르바이트를 마치고 지예와 서점에 들렀다. 지예는 일
본어 교재 두 권을 골랐다. 나는 소설과 비소설 코너 사이를
서성이다가 비소설 코너에서 『사랑과 슬픔』이라는 책을 집
어 들었다. 그러나 어쩐지 지예에게 보이기가 부끄러워서
그 책 대신 『지금 당신이 서 있는 곳』이라는 그럴싸한 제목
의 소설책을 골랐다. 집에 와서 읽어보니 조선시대 정치사
에 관한 소설이었다. 어쩐지 책 제목에 낚인 기분이다.

찹이 강아지를 목욕시키고 비눗기를 잘 헹구지 않아서 강
아지가 피부병에 걸렸다. 찹은 반성의 의미로 하루 한 갑씩

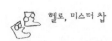

피우던 담배를 반 갑으로 줄이겠다고 말했다. 분홍빛 살갗이 드러나도록 털을 밀어버린 강아지는 몸의 부피가 반으로 줄어든 것 같다. 강아지가 자기가 다람쥐라도 된 것처럼 팔짝팔짝 뛰어다닌다.

9. 12

체리의 할아버지가 골목길에서 굴러 병원에 입원했다. 나와 달배 씨가 찾아갔을 때 체리는 할아버지 곁의 보조 침대에 앉아 링거병을 노려보고 있었다. 그 애는 무언가에 굉장히 화가 난 사람처럼 입을 꾹 닫고 아무 말도 하지 않았다. 체리의 할아버지는 다리가 부러져 당분간 일을 할 수 없는 처지라고 했다. 달배 씨는 곧장 단체에 전화를 걸어 후원금을 신청했다. 달배 씨가 바쁘게 전화 통화를 하는 동안 체리와 나는 어색한 침묵 속에서 서로 입을 떼지 않았다. 나는 간단한 농담이라도 건네볼까 했지만, 어린애가 갑자기 울음이라도 터뜨리지 않을까 싶어 잠자코 있었다.

흡연실에서 담배를 피우는 동안, 달배 씨는 체리의 어머니가 아이를 버리고 집을 나간 지 두 달이 채 안 되었다고

했다. 그제야 나는 체리가 지금 화를 내고 있는 까닭을 이해
할 수 있었다. 뻔하지. 또 누군가를 잃게 될까 봐 두렵기 때
문이 아니겠는가!

병실로 돌아간 나는 체리의 머리를 슬쩍 치며 장난을 걸
었다. 체리가 우물거리던 바나나를 플라스틱 쓰레기통에 퉤,
뱉으며 나를 향해 중얼거렸다.

"정말 철없는 사람이군."

정말이지 봉사의 길은 멀고도 험하다.

집에 돌아오는 길에 핸드폰을 확인하니, 유리에게서 부재
중 전화가 걸려와 있었다.

9. 13

나는 지금 이루 말할 수 없는 충격에 휩싸여 있다.

오늘은 교내 식당에서 유리와 함께 점심을 먹었다. 유리
가 긴히 할 이야기가 있다고 했기 때문이다. 유리는 자신이
임신을 했다고 밝혔다. 나는 입에 물고 있던 감자 요리를 도
로 뱉어냈다.(사실 너무 뜨거웠기 때문이다.) 유리는 당황하
여 젓가락을 떨어뜨리는 내 모습을 재미있다는 듯 관찰하다

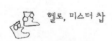

가, 물론 그 상대 남자가 나는 아니라고 말했다. 나는 아주 잠깐 동안 안도감이 스쳐 지나가는 것을 느꼈다. 아, 진정 나는 비겁한 남자란 말인가!

유리는 이 사실을 알게 된 지는 꽤 되었으며, 이미 결혼을 하기로 결정되었다고 했다. 상대방은 사촌언니의 친구인 여섯 살 연상의 대기업 사원이라고 했다. 유리는 매우 유쾌해 보였다. 그 애는 후식으로 나온 포도를 먹으며, 결혼식은 11월에 치를 예정이라고 했다. 아직 학교 친구들에게는 알리지 않았으니 청첩장을 돌리기 전까지는 비밀로 하라고도 덧붙였다.

"믿을 수가 없군, 장난 같아."

내가 고개를 설레설레 젓자 유리가 흰 치아를 드러내며 웃었다.

"거짓말보다 비현실적인 것이 바로 현실 아니겠어?"

유리는 취업도 어려운 요즘 같은 때에 일단 먹고살 걱정을 하지 않게 되어 만족스럽다고 말했다. 나는 유리에게 그 사람을 정말 좋아하느냐고 묻고 싶었지만 그럴 수 없었다. 입을 열려는 차에 그 남자로부터 전화가 걸려왔기 때문이다. 유리는 그와 통화하는 내내 이제껏 들어본 적 없는 큰 웃음소리를 울려대며 즐거워했다.

까닭 모를 우울함에 빠져 터덜터덜 가로수 길을 걸었다. 그러고 보니 어머니도 나를 스물한 살 때 낳았다. 어쩌면 나 또한 어머니의 젊음을 빼앗아버린 아버지와 동급의 도둑이 아닌가! 여기까지 생각했을 때, 지나가던 커다란 개가 그르렁거리며 내 뒤를 쫓아왔다. 나는 얼떨결에 있는 힘껏 달려 도망쳤다. 한참을 뛰다가 뒤를 돌아보았을 때, 개는 저 멀리서 꼬리를 설렁설렁 흔들며 나를 구경하고 있었다.

그건 그렇고, 그 시절의 어머니는 아버지를 사랑했을까?

9.14

지예와 함께 그 애가 다닐 일본어 학원에 등록하러 갔다. 잉어처럼 생긴 데스크 여자 직원이 수강증을 끊어주었다. 우리는 버거킹에서 햄버거를 먹었다. 감자튀김을 집어 먹는 지예를 보며, 내가 지예에게 갖고 있는 감정에 대해 생각해봤다. 안 보면 허전하고 생각나면서도 막상 만났을 때는 미친 듯이 설레거나 가슴이 뛰지는 않는다. 만나면 편하고 재미있긴 하지만, 사랑이라면 이보다 더 격렬하고 아찔해야 하는 게 아닐까?

찹은 내가 너무 여고생 같은 환상에 젖어 있다고 말한다. 너무 힘주어 글씨를 쓰면 금세 연필심이 부러지는 법이라고도 했다.

찹은 요즘 불같은 사랑에 빠져 있다. 상대는 10대 소녀들로 구성된 아이돌 그룹 '나는 소녀'다. 플래카드를 만들어 합숙소 앞까지 찾아간다는 것을 간신히 만류했다.

9. 15

과외를 마치자마자 체리네 동네에 찾아갔다. 체리는 오늘 학교에서 지갑 도둑으로 몰렸다고 울분을 토했다. 아무런 물증도 없이 반 아이들과 담임 교사가 자신을 도둑으로 의심했다는 것이다. 증거가 없었으므로 직접 불려가거나 야단을 맞은 건 아니지만 모두들 확신하는 눈초리로 체리를 쳐다봤다고 한다. 나는 덩달아 분노하려던 찰나, 방구석에 있는 두툼한 지갑을 발견했다.

"내가 훔친 건 사실이에요. 하지만 내가 아니었더라면 어쩔 뻔했어!"

체리는 씩씩거리며 알갱이가 들어 있는 오렌지 주스를 들이켰다. 나는 도둑질이란 상당히 비인간적인 것이며, 걸렸을 때는 걷잡을 수 없이 일이 커져버리고 마는 위험한 행위라고 그 애를 나무랐다. 그러나 체리는 안 들키고 도둑질할 수 있는 기회인데 그냥 넘겨버리는 것은 아까운 일이 아니냐고 반격했다. 나는 순간적으로 치솟는 욕심을 버릴 수 있는 것도 일종의 용기라고 말했다. 그러자 체리가 빈 깡통을 휴지통에 던져 골인시키며 말했다.

"양심을 버리는 것도 용기예요."

지예는 다음 주 주말에 고등학교 동창과 둘이 도쿄 여행을 다녀오기로 했단다. 부럽다.

9. 16

밤 1시, 삼촌이 만취한 상태로 전화를 걸었다. 우리 집에 오는 중이라고 했다. 샤워를 마치고 잘 준비를 하던 나는 텔레비전을 보며 삼촌을 기다리기로 했는데, 한 시간이 지나도록 도착하기는커녕 전화 연결도 되지 않고 있다. 그냥 자야 하나.

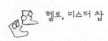 헬로, 미스터 찹

9.17

새벽녘 찹의 비명 소리가 복도를 울렸다. 신문을 꺼내던 찹이 문밖에서 들려오는 이상한 소리에 현관문을 열었을 때, 아무리 봐도 악마의 후손이라고밖에 생각되지 않는 검은 의상의 노숙자가 토사물 옆에 널브러져 있었다고 한다. 찹은 "사람이 죽어 있다!"라고 소리치며 내 침대로 뛰어 올라왔다.

나는 찹과 함께 낑낑거리며 삼촌을 방으로 옮겼다. 강아지는 우리가 게임을 하는 줄 알았던 모양인지, 삼촌의 몸 위로 뛰어 올라가서 자기도 끌어 옮겨달라는 듯 해맑게 꼬리를 흔들어댔다.

아르바이트를 마치고 돌아왔을 때, 삼촌은 뜨겁고 매운 라면을 먹으며 울고 있었다. 나는 삼촌의 눈 밑에 번진 아이라이너를 보고 말았다. 삼촌이 우아한 해적처럼 퇴폐적인 눈매를 지녔던 이유가 밝혀지는 순간이었다. 설마 했는데 정말 화장까지 하고 다녔을 줄이야.

삼촌과 달배 씨가 헤어졌다. 둘은 지난번에 우리 집에서 오리고기 파티를 했을 때도 거리가 조금씩 멀어지는 중이었다고 한다. 달배 씨에게는 다른 연인이 생겼다. 그리고 그 상대는 단체에서 함께 봉사 활동을 하고 있는 여자라고 한다. 찹이 삼촌에게, 달배 씨는 양쪽 엉덩이가 비대칭인 것 같다고 말했다. 그러나 별 위로는 되지 못한 듯했다. 삼촌이 못들은 척하는데도 찹은 계속 시시껄렁한 농담을 늘어놓았다. 그리고 결국 삼촌으로 하여금 농담에 지쳐 울음을 그치도록 만들었다. 나는 더러워진 삼촌의 가죽 가방을 닦다가, 안쪽 하단에 금색 실로 새겨진 문구를 보았다.

"가도 괜찮아. 하지만 만약 돌아오게 된다면, 그곳은 내 곁이 되어야 해"라는, 노래 가사 같은 문구였다. 설마 어제 차이자마자 이런 것을 새겨 넣을 만큼 재빠른 사람이었나 생각하는데, 삼촌이 코를 풀며 말했다.

"그건 원래 누나 가방이었어. 내가 누나의 스물다섯 번째 생일에 선물로 준 거였지."

강아지가 삼촌이 코를 푼 휴지를 물고 신이 나서 거실을 뛰어다녔다. 찹은 앞으로 두 번 다시 강아지의 입가를 만지지 않겠다고 다짐했다.

"그 문구는, 그러니까……. 미스터 박이 누나에게 보낸 편지에서 본 거였어. 어쩐지 멋진 것 같아서 새겨 넣어 줬는데

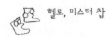 헬로, 미스터 찹

누나는 한 번도 가방을 메지 않았지. 원래 가죽 소재를 싫어했거든."

그렇게 말한 삼촌은 다시 감정이 복받쳐 오르는지, 눈물을 흘리기 시작했다.

달배 씨가 삼촌과 헤어졌어도 일단 내가 맡은 봉사 활동은 계속하는 게 좋겠지.

9.18

지예와 함께 친구의 밴드 공연에 갔다. 친구가 몸담는 밴드의 이름은 '벌거숭이 원숭이들'이었다. 다른 밴드들과 함께하는 연합 공연으로, 홍대 클럽에서 진행되었다. 개 목걸이 같은 목걸이를 친친 두르고, 못처럼 뾰족한 것이 잔뜩 달린 팔찌를 수십 개 차고 있던 옆자리 여자가 사정없이 방방 뛰는 통에 그 여자 머리에 턱을 찧고 말았다. 나는 정신없이 날뛰는 사람들 속에서 떠밀려 지예를 잃어버렸다. 당황하여 주변을 두리번거렸다. 그러나 삼십 분쯤 후, 쉬는 시간에야 경품 당첨자를 발표하는 자리에서 무대 위에 올라간 지예를 발견할 수 있었다. 지예는 낯선 밴드의 사인 시디를 열 장이

나 받았다. 아무리 재고가 남는다고 해도 그렇지 그 많은 시디를 어디에 쓰라는 거냐! 지예는 당분간 주변인들의 생일 선물을 따로 살 필요가 없겠다고 좋아했다.

맨 마지막으로 등장한 '벌거숭이 원숭이들'을 보고 나는 경악을 금치 못했다. 남자 멤버들로만 이루어진 그 밴드는 전부 코끼리팬티 한 장씩만 걸친 채 나타났다. 사람들은 실뭉치처럼 서로 정신없이 뒤엉키며 환호했다. 나는 혹시라도 경찰이 들이닥치지 않을까 조마조마했다. 지예는 미친 듯이 소리를 지르며 뛰어댔는데, 마치 다른 사람 같았다.

지예와 나는 땀으로 흠뻑 젖은 윗옷을 펄럭이며, 홍대의 좁은 골목들을 걸었다. 한창 분위기가 좋아지려는 찰나, 전화기가 울려댔다. 체리였다.

"귀신 같은 건 사람들이 돈을 벌기 위해 만들어낸 이미지라고 생각해요."

체리가 말했다. 빈집에서 혼자 잠을 청하려고 누웠는데 문득 그런 생각이 들었다는 것이었다. 나는 되도록이면 빨리 전화를 끊고 싶었다. 그러나 체리는 내가 얼버무릴 때마다 집요하게 나를 공격했다. 그 애가 지금 당장 상담할 것이 있으니 집으로 와줄 수 있느냐고 물었다. 무려 11시가 넘은

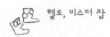

시간에! 나는 시간이 너무 늦었으니 내일 다시 이야기하는 게 좋겠다고 체리를 설득했다.

"어떻게 그런 마음가짐으로 봉사 활동을 할 수 있죠? 예전에 있던 오빠들은 안 그랬는데. 어설프게 할 바에는 아예 그만두는 게 나아요."

나는 그럼 그 애가 원하는 대로 그만두겠다고 말하고 전화를 끊었다. 지예는 내가 너무 심한 것 같다고 말했다.

나름대로 열심히 했다. 역시 봉사 같은 건 내 적성에 맞지 않나 보다.

9. 19

달배 씨에게 전화가 왔다. 씻느라고 핸드폰을 받지 못했더니, 집으로 건 모양이었다. 소파 위에서 강아지와 함께 텔레비전을 보고 있던 삼촌이 대신 전화를 받았다. 회복되는 중인가 싶었던 삼촌이 다시 패닉 상태에 빠진 채로 내게 전화기를 넘겨주었다. 달배 씨는 체리가 체육 시간에 부당한 이유로 운동장 열 바퀴를 뛰었다고 했다. 나는 그에게, 아쉽지만 봉사 활동은 그만둘 생각이라고 말했다. 달배 씨는 생각에 잠긴 듯 잠깐 동안 말이 없더니 알겠다며 전화를 끊었다.

삼촌이 돌아간 뒤 지예가 퇴근길에 사 온 전기구이 통닭을 먹었다. 우리는 닭의 배 속에 들어 있는 은행알과 대추, 인삼의 개수 알아맞히기 내기를 했다. 개수를 맞힌 사람은 없었다. 닭의 배 속에는 덜 익은 찹쌀밥이 한 주먹 들어 있었을 뿐, 대추나 인삼 따위는 없었기 때문이다.

깨끗이 발라 먹은 닭 뼈를 치우는데 문득, 아버지는 어떻게 지내나 궁금해졌다.

9. 20

윤식이가 여행에서 돌아온 유부녀와 함께 와인 바에 갔다가 그녀의 남편에게 발각되었다. 아내의 행동거지를 의심한 남편이 그녀를 미행한 것이다. 얼굴이 벌겋게 달아오른 남편과 마주했을 때까지만 해도 윤식이는 솔직하게 자신의 마음을 고백하고 남자 대 남자로 상황을 결판낼 생각이었다고 한다. 그러나 이내 밝혀진 바에 의하면, 남편을 의심하게 만든 유부녀의 연인은 윤식이가 아니라 레스토랑을 경영하는 다른 남자였다. 유부녀와 그녀의 남편은 그 자리에서 몹시 싸웠는데, 윤식이가 비틀거리며 와인 바를 나오는 순간에도 녀석 쪽은 쳐다볼 생각도 않더라는 것이었다.

윤식이와 나는 노래방에 가서 세 시간 동안 열창을 했다. 나는 윤식이를 위해 「가라가라」, 「웃기지 마라」, 「지랄」 등의 노래를 불렀는데 윤식이가 「다시 사랑한다 말할까」, 「다음 사람에게는」, 「그래도 사랑이겠죠」 따위의 노래를 불러서 분위기를 다시 다운시켰다.

비가 온다. 일기예보에 의하면 내일은 아침저녁으로 쌀쌀하단다.

9. 21

아버지와 화해했다. 아버지가 내일모레 있을 화장품 광고 촬영장에 나를 불렀기 때문이다. 최고의 인기를 누리고 있는 여자 배우가 출연한단다. 끝내준다! 지예에게 말했더니 "내가 토요일에 여행을 떠난다는 사실을 잊은 모양이네"라며 화를 냈다. 그래서 결국 지예가 아르바이트를 하루 당겨서 쉬고, 함께 촬영장 구경을 가기로 했다. 아버지와 지예가 가까워지는 것은 어쩐지 꺼려지는데.

찹은 '나는 소녀'의 댄스를 처음부터 끝까지 외웠다. 그는 틈이 날 때마다 자기 춤을 봐달라고 나를 괴롭힌다. 삼촌은 우울한 기분을 탈피하기 위해 주말 요가센터에 등록했다고 한다.

나는 윤식이에게도 요가센터를 추천해주었는데, 녀석은 지금 장난칠 기분이 아니라며 딱 잘라 거절했다. 유부녀에 게서는 그 뒤로 연락이 없다고 한다. 녀석은 "잘 생각해보면 그녀의 행동에도 뭔가 납득할 만한 이유가 있지 않았을까" 라며, 그때 도망치듯 자리를 피한 것을 후회하고 있다. 맙소 사. 친구여, 약해지면 안 돼! 그 여자가 그리울 때는 목 주름 이나 겨드랑이 털 같은 것을 상상해보란 말이다!

9. 22

훈이가 가출했다. 나는 하교가 늦어지는 줄 알고 한 시간 동안 기다리며 그 애 방에 있는 지난 호 게임 잡지를 읽었 다. 그 애 동생은 영재클럽에서 주최한 유럽 어학 캠프에 참 가 중이었다. 과외 시간이 지나자 훈이의 어머니가 들어와 "오늘은 수업을 한 날로 쳐요"라고 말하고는 훈이의 가출 사

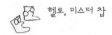
헬로, 미스터 찹

실을 알려주었다. 별로 걱정하고 있진 않지만, 이틀이 지나도 돌아오지 않으면 실종 신고를 할 생각이라고 했다. 설마 툭하면 얘기를 꺼내곤 하던 자살 동호회의 정모에 나간 것은 아니겠지. 그 거구의 아이가 밤거리를 뒤뚱거리며 배회하고 있을 생각을 하니 어쩐지 안쓰럽다.

나는 열두 살 때 가출을 한 적이 있다. 수학경시대회에서 최악의 점수를 받고 지레 겁을 먹어서 도망친 것이었다. 어머니에게 보여주지 않은 시험지는 구겨서 아파트 화단에 묻었다. 배낭을 들고 나오며, 앞으로는 먹을 게 없으면 무료 배식소를 찾아다니고, 잘 데가 없으면 지하철역 화장실이나 공중전화 부스 안에서 웅크리고 자야겠다고 계획을 짰다. 잘만 하면 인생의 쓴맛에 감흥을 느끼고 김삿갓처럼 유랑 시인이 될 수도 있지 않을까 생각했다.

그로부터 세 시간쯤 뒤, 나는 눈물과 콧물을 휘날리며 집으로 뛰어 들어왔다. 지하철역 앞에서부터 나를 향해 실실거리며 다가오던 미친 남자가 사거리를 지나 아파트 단지까지 내 뒤를 쫓아 뛰어왔기 때문이다. 그가 시궁창에서 반신욕을 하다 나온 듯한 몰골로 악취를 풍기며 내 뒷덜미를 향해 손을 내뻗었다.

어머니는 흙이 묻은 시험지를 보고도 별말 하지 않았다. "앞으로 두 번 더 지켜볼 거야"라고 말했을 뿐이다. 다행히 그해를 마지막으로 수학경시대회가 사라졌다. 그 후로도 몇 번 가출을 생각해본 적이 있긴 하지만, 막상 집을 나선 적은 없었다. 귀찮게 짐을 바리바리 싸 들고 가출을 할 바에야 차라리 내 마음이 바뀌기를 조금 기다리는 편이 낫다고 생각했기 때문이다.

나는 찹에게 "네 집은 어떤 곳이었어?" 하고 물었다. 그러자 찹이 "지금 나의 집은 여기 이곳뿐"이라고 도장을 찍듯 말하고는 「즐거운 나의 집」을 콧노래로 흥얼거리기 시작했다.

강아지가 내 운동화에 오줌을 싸놓았다. 이것은 불만이 있다는 사인이다.

9. 23

오늘은 압구정에 있는 촬영 스튜디오에 아르바이트를 나갔다. 지예는 분홍색의 얇은 원피스를 입고 왔는데 아버지가 무척 마음에 들어 하는 눈치였다. 여배우는 삼십 분 지각을 했으나, 세 시간을 늦었다 해도 용서되었을 만큼 예뻤다.

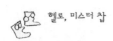 헬로, 미스터 찹

촬영이 끝나고 최종 모니터링을 하던 도중에, 옆에 서 있는 나에게 "저리 좀 비켜"라고 신경질을 내지 않았더라면 마지막까지 정말 예뻐 보였을 텐데. 나는 여배우가 콘티에 따라 물풍선을 터뜨린 자리에 남아 있는 미끄러운 물기를 재빨리 닦아내는 일을 담당했다. 지예가 여배우의 쌍꺼풀과 턱 성형 수술이 티가 너무 많이 난다며 퉁명스럽게 고개를 저었다.

인정하고 싶진 않았지만, 솔직히 촬영장에서의 아버지는 정말 멋졌다. 모두들 아버지의 눈치를 보았고, 감독은 아버지의 만족스런 표정을 구하기 바빴다. 아버지는 위엄 있게 촬영장을 지키고 있었다. 나는 흠뻑 젖어 무거워진 대걸레를 짜며, 이야기를 나누고 있는 아버지와 지예를 흘끔거리기에 바빴다.

"내가 나이 든 여자였다면, 분명 네 아버지에게 반했을 거야."

집에 돌아오는 길에, 지예가 도너츠를 우물거리며 말했다. 그 애가 입술을 달싹일 때마다 흰 설탕가루가 날렸다. 나는 영화에서 본 것처럼 그 애의 귀를 가볍게 어루만지며 입을 맞추었다. 이제까지 나눴던 입맞춤 중에 가장 괜찮았다.

뿐 아니라 한적한 길가에 가로등 불빛이 내리비치고 있어서, 꽤 근사했다.

9. 24

지예가 오늘 오전 10시 20분 비행기를 타고 도쿄로 떠났다. 윤식이가 클럽에 가자고 하여 홍대에서 만났다. 그러나 클럽에 들어간 지 한 시간도 채 못 돼, 녀석은 유부녀에게서 연락이 왔다며 정신없이 먼저 나가버렸다. 나는 삼십 분쯤 건성으로 춤을 추며 클럽을 돌아보았다. 늘씬하고 야한 여자들이 많았지만, 모두들 비슷비슷해 보여서 지루해졌다.
도쿄의 밤은 어떨까.

9. 25

달배 씨에게서 전화가 왔다. 말을 꺼내기 어려운지 난처한 기색이 역력했다. 그가 내게 잠깐 버스 정거장 쪽으로 나와줄 수 있겠느냐고 했다. 대충 슬리퍼를 꿰어 신고 나갔을 때, 달배 씨의 손을 잡고 서 있는 체리가 보였다. 그 애는 늘

 헬로, 미스터 찹

그랬듯 무언가에 화가 난 표정을 짓고 있었다. 달배 씨가 나를 향해 이해해달라는 듯한 눈빛을 보내며 체리를 내 쪽으로 밀었다. 그 애는 내가 못마땅하다는 티를 내려고 볼을 부풀린 채 시선을 마주치지 않았다. 체리와 내가 대화를 나누길 바라며 어정쩡하게 서 있던 달배 씨가, 삼촌은 어떻게 지내느냐고 물어왔다. 딴에는 문득 생각난 것처럼 보이려고 무심하게 물었으나, 약간 떨리는 목소리라든가 지나치게 눈을 크게 뜬 표정으로 보아, 망설이다가 꺼낸 이야기가 분명했다. 삼촌의 자존심을 위해 멀쩡하다고 거짓말을 할까 하다가 그만두었다.

"폐인이지요, 뭐."

나는 콧잔등을 긁으며 대꾸했다. 달배 씨는 사레들린 듯 헛기침을 했다. 체리는 전봇대에 붙어 있는 스티커를 손톱으로 긁어냈다.

달배 씨가 근처에서 볼일을 보고 올 테니 두 시간만 체리를 맡아달라고 했다. 나는 지갑도 없이 나갔기 때문에 하는 수 없이 그 애를 데리고 집으로 향했다.

가관이었다. 참은 이 세상에서 어린애들이 제일 싫다고 말했다. 체리는 난쟁이들은 전부 악마라고 소리쳤다. 둘은 아주 맹렬하게 싸웠고, 기분이 좋아 보였다. 강아지가 둘 사이를 뛰어다니며 짖어댔다. 경비실에서 인터폰이 왔다. 나는 강아지를 욕실에 가두고 참과 체리를 내 방에 가두었다. 한참 뒤 내 방문을 열었을 때 두 사람은 이미 친구가 되어 있었다.

"속이 개미 코딱지만 하지."

"인정머리라고는 없는 인간이야."

둘은 열심히 맞장구를 치며 이야기를 나누고 있었는데, 전부 내 험담이었다. 약속 시간보다 늦게 도착한 달배 씨는 얼굴이 상기되어 있었다. 그는 체리가 나를 무척 그리워했다고 말했다. 참은 다음 주 주말에 또 놀러 오라며 제멋대로 체리를 초대했다.

체리는 집에 돌아가기 싫은 듯 한참 동안 강아지를 쓰다듬다가 자리에서 일어섰다. 달배 씨의 곁에 붙어 아파트 단지를 빠져나가는 체리의 뒷모습을 보고 있으려니, 속이 물큰해졌다.

내 방이 어쩐지 허전하게 느껴졌다. 참이 내가 아끼는 돌고래 퀼트 인형을 체리에게 선물로 주었다고 했다. 어쩐지 그 애 가방이 이상하게 커 보인다 싶더라니! 참이 돌고래 인

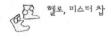
헬로, 미스터 참

형을 끌어안고 자는 스무 살 남자애의 모습은 썩 멋져 보이지 않는다고 나를 위로했다. 그러나 그 퀼트 인형은 어머니가 직접 만들어 주었던 거다. 돌고래라고 설명해주지 않으면 그저 검은 쿠션 덩어리로 보이긴 하지만.

삼촌이 전화를 걸어서는 아무 말도 하지 않고 흐느껴 울었다. 삼촌이 나를 어린 조카로 여기고 있는 건지, 아니면 또래의 친구로 생각하고 있는 건지 모르겠다. 어쩌면 나를 삼촌으로 생각하고 있는지도 모르겠군. 휴우.

9.26

지예가 보고 싶다. 짧은 이별이 시큰둥하던 애정의 모닥불에 휘발유를 들이부을 줄이야.

9.27

오늘부터 우리 집을 '만남의 광장'이라고 부르기로 했다. 초인종과 현관문 따위는 없애버려도 좋을 것이다. 나는 새벽 3시, 현관문을 쾅쾅 두드리는 소리에 잠에서 깨어났다.

문을 열자마자, 흠뻑 취한 삼촌이 휘청거리며 들어왔다. 오리발 같은 신발을 신고 들어온 삼촌은 매우 괴로워하며 거실을 굴러다녔다. 그러고는 어디론가 전화를 걸고, 비운의 여주인공처럼 소파 위에 엎드려 훌쩍였다.

다시 잠을 청하려고 침대에 누웠을 때, 누군가 삼촌의 이름을 부르며 요란하게 현관문을 걷어차는 소리가 울렸다. 나는 소스라치게 놀라 밖으로 뛰쳐나갔다. 거실에서는 달배 씨와 삼촌이 끌어안은 채 극적 상봉을 하고 있었다. 머리가 부스스한 찹이 잠옷 차림으로 그 곁에 서서 박수를 치고 있었다.

인터폰이 울렸다. 경비 아저씨가 시끄럽다는 신고가 너무 많이 들어와서 경찰에 신고를 하려다 말았다고 협박조로 말했다. 제기랄, 아파트는 무서운 곳이다.

9. 28

지예로부터 전화가 왔다. 옆에서 남자 목소리가 들린 것 같았는데, 설마 같이 갔다는 동창이 남자는 아니겠지.

아버지가 앞으로 내 등록금을 내주겠다고 말했다. 나는 예

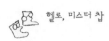

의상 한 번 거절했다. 그런데 아버지는 곰곰이 생각하는 눈치더니 "그럼 원할 때 언제든 얘기해라"라며 다시 제안하지 않았다. 어라, 이게 아닌데. 사실 등록금은 내게 큰 부담이다. 아버지는 내게 도움을 주고 싶긴 하지만, 내가 불쾌감을 느낄 정도의 호의는 베풀지 않도록 주의하겠다고 말했다.

윤식이는 유부녀를 다시 만났다고 했다. 녀석은 아무래도 그 여자를 쉽게 잊을 수가 없다고 했다. 그 여자가 "너만은 나를 이해해줘야 해"라는 말로 윤식이의 마음을 다시 흔들어놓은 모양이다. '이해'라는 말 속에는 얼마나 많은 암호들이 숨겨져 있나. 안타깝게도 윤식이는 그 암호들을 전혀 해독하지 못한다. 사랑에 눈이 멀었으므로.

9. 29

내일이면 지예가 돌아온다. 평소에는 좀 귀찮게 느껴졌던 그 애의 잔소리라든가 간섭이 그립다.

훈이가 가출을 마치고 돌아왔다. 서울역에서 노숙자들과 함께 무려 이틀이나 버텼다고 한다. 훈이는 서울역 노숙자들 사이에서 꽤 인기가 좋았다고 했다. 그러고는 "서울역은 이제 내 구역"이라며 마치 조직 폭력배라도 된 듯 거들먹거렸다. 그 애가 자신은 삶의 본질을 분명히 보고 왔다며, 어린 애를 보는 듯한 눈빛으로 나를 쳐다보았다.

찹이 내게 놀라운 사실을 알려주겠다고 뜸을 들였다.

"체리가 너를 좋아해!"

그러고는 나의 반응을 기다리는 듯 눈을 빛내며 나를 올려다보았다.

"그래, 귀엽지."

내가 맥 빠진 목소리로 대꾸했다. 그러자 찹이 잽싸게 체리에게 전화를 걸어 "네가 귀엽다고 했어"라는 말을 전했다. 십 분이 멀다 하고 전화로 수다를 떨어대는 중학생 여자애들을 보는 기분이었다.

자정이 넘었을 무렵, 약한 비가 내렸다. 나는 어렸을 적에 비 오는 날 창문을 열어놓고 자는 것을 좋아했다. 모시 이불이 축축하게 젖어가는 것이며, 이따금씩 이마 위로 빗방울이 떨어지는 느낌이 재미있었다. 내가 반쯤 잠에 들어 나른해졌을 무렵이면, 어머니가 창문을 닫아주며 말했다.

"비가 오는 날 창문을 열고 자면 슬픈 꿈을 꾼단다."

 헬로, 미스터 찹

9. 30

지예가 돌아왔다. 저녁 비행기를 타고 도착했는데, 얼른 뜨거운 물에 목욕을 하고 잠들고 싶다고 했다. 밤에 잠깐 만날까 했던 나는 내일 만나기로 약속을 잡으며 오랜만에 설레는 기분을 느꼈다. 뭘 입고 나갈까.

October 10월

사랑을 하다가 잃는 편이, 한 번도 사랑하지 않은 것보다 낫다.

–앨프레드 테니슨

10. 1

오늘은 아르바이트를 마치자마자 지예를 만났다. 그 애가 일본에서 사 온 선물이라며 고양이가 새겨져 있는 자기 주전자를 선물로 주었다. 차 한 잔분의 뜨거운 물을 담아놓을 수 있는 작은 주전자였다. 같이 저녁을 먹고 영화나 한 편 볼까 했지만, 지예는 아직 피곤이 덜 풀렸다고 했다. 하는 수 없이 삼십 분쯤 이야기를 나누다가 헤어졌다.

잠자리에 누웠는데 잠이 오지 않아 다시 일어났다. 벌써 10월이라니, 시간이 너무 빨리 간다. 나는 미친 말처럼 달리는 시간의 꼬리에 간신히 매달려 있는 벼룩이 아닐까. 좀 더 치열하게 살아야 할 텐데. 아르바이트와 과외에 치이는 이런 삶 말고, 더 그럴싸한 무언가를 찾아봐야 하지 않을까.

10. 2

지예와 함께 초밥 가게에서 저녁을 먹었다. 회전초밥이 한 접시에 900원으로 저렴한 가격대의 가게였다. 나는 새우초밥과 갑오징어초밥, 그리고 아주 드물게 돌아오는 장어초밥을 먹었다. 지예는 서너 접시밖에 먹지 않았다. 그 애가 미지근한 장국을 마시며, 내가 음식을 너무 소리 내서 씹는다고 중얼거렸다. 나는 민망해져서 재빨리 입을 다물고 음식을 삼켰다. 잠시 후 지예가 내가 지나치게 드러내놓고 장어초밥만 골라 먹어서 사람들 보기에 부끄럽다고 말했다. 나는 장어초밥을 두 차례 그냥 지나 보냈다. 계산을 치르고 나오는데, 그 애가 내게 거울로 이 상태를 확인하는 정도의 습관은 갖추는 게 좋지 않겠느냐고 했다. 내 이 사이에 못 봐

줄 만큼 음식물이 잔뜩 끼어 있는 것을 곧잘 목격해왔다는 것이다.

저녁을 먹은 뒤 마트에서 장을 봤다. 나는 두부를 고르고 있는 지예 뒤로 다가가, "고양이 눠다!"라고 소리치며 붉은 양배추를 들이밀었다. 어깨를 움칠하며 물러난 지예가 내 손을 밀쳐내며 신경질을 냈다. 바닥에 떨어진 양배추가 보기 좋게 나뒹구는 바람에 그것을 주워 쇼핑 카트에 넣어야 했다. 지예는 집에 돌아갈 때까지도 화를 풀지 않았다. 아무 이야기도 하고 싶지 않다고 했다. 나는 지예의 화를 풀어주기 위해 우리가 이따금씩 치곤 하던 장난을 걸었는데, 그 애가 버럭 소리를 지르며 걸음을 멈추었다.

"그만 좀 해!"

지예는 내 손에 들려 있던 자기 몫의 비닐봉지를 낚아채듯 들고 성큼성큼 걸어가버렸다.

찹이 붉은 양배추로 샐러드를 만들었다. 뻣뻣한 양배추가 입안에서 부서지며 들척지근한 맛이 퍼질 때마다 나는 가슴 한쪽이 물큰하게 짓물러가는 듯한 느낌이 들었다. 찹이 우리의 연애가 권태기에 접어든 모양이라고 했다. 권태기라니, 이게 웬 늘어난 팬티 고무줄 같은 소리란 말인가!

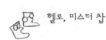 헬로, 미스터 찹

10. 3

개천절이다. 지예와 만나려 했지만 지예는 그간 밀린 가게 일이 바쁘다며 약속 잡기를 피하는 듯했다. 나는 밑창이 두툼하고 푹신푹신한 농구화를 신었음에도 발끝이 시려오는 듯 싸한 기분을 느끼며 동네를 배회하다가 집으로 돌아왔다.

저녁에는 참과 함께 삼촌의 집에 갔다. 달배 씨가 내게 체리에 대한 이야기를 늘어놓았다. 그 애가 나의 도움을 절실히 필요로 하고 있다는 것이었다. 외계인 교신 장치 같은 모자를 쓰고 있던 삼촌은 체리라는 이름에 굉장한 호감을 보였다. 그러자 달배 씨가 가까운 시일 내에 체리를 불러서 다같이 저녁을 먹자고 제안했다. 참이 찬성한다며 두 손을 번쩍 들었다. 달배 씨가 새우튀김을 만들어 내놓았는데, 새우가 어찌나 큰지 마치 작은 물개를 튀겨놓은 것 같았다.

삼촌과 달배 씨는 전보다 더 열정적인 듯하다. 심지어 사소한 문제로 다투는 순간에도 서로가 사랑스러워서 못 견디겠다는 눈빛을 하고 있다. 하긴, 어느 실험 결과에 따르면 애정도가 높은 연인들은 싸우는 도중에도 높은 애정 수치를 유지한다고 한다. 지예에겐 뭐가 문제인 걸까. 차라리 시원하게 싸우고 풀면 좋겠는데. 나는 눅눅해진 새우튀김과 함께 맥주를 마시다가 문득 생각했다. 그런데 내가 언제부터 이렇게 지예에게 집착하게 된 걸까? 쿨한 연애를 하자고 마음먹었던 게 엊그제 같은데.

사랑의 시련에 빠져 있는 윤식이는 도인과 같은 말투로, 사람은 심장이 뜨거운 동물인데 어찌 완벽하게 쿨한 사랑을 할 수 있겠느냐고 말했다. 쿨한 사랑이란 픽션에나 등장하는 것이라고도 했다. 과연 그럴까. 어쨌든 확실한 것은, 지금 내가 하고 있는 것은 '쉽고 쿨'하게 끝날 수 있는 연애가 아니라는 것이다. 유리 때처럼 몸이 달아오르거나 불안하고 초조한 것은 아니지만 마치 몸속 어딘가에 나뭇가지 한 개가 걸려 있는 듯 묘하게 마음이 불편하다.

10. 4

아버지와 함께 사우나에 갔다. 아버지가 새로 생긴 사우나의 오늘자 무료 쿠폰을 구했다고 전화를 걸어왔기 때문이다. 가지 않으려고 했지만, 인터넷에 뜬 각종 희귀한 재료의

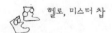

헬로, 미스터 찹

건강 한증막에 깨끗하고 세련된 내부 인테리어 사진들이 발목을 잡았다.

나는 두 번 다시 아버지와 함께 사우나에 가지 않겠다고 다짐했다. 중년의 아버지는 20대의 팔팔한 남자인 나보다 더 몸이 좋다. 어딘가 빈정 상한다.

한증막 속에서 아버지가 내기를 제안했다. 어머니에 대해 각자 알고 있는 것을 한 가지씩 번갈아서 이야기하자는 것이었다. 상대방이 먼저 이야기한 사항을 중복해서 언급하면 안 되고, 둘 중 먼저 이야깃거리가 떨어진 사람이 지는 것이라고 했다. 나는 그런 유치한 내기 따위는 할 마음이 없었다. 하지만 푸른 모래가 떨어지는 모래시계를 보고 있노라니 이상하게도 오기가 생겼고, 정신을 차렸을 때는 어느새 내기에 열중하여 이마에 핏줄을 곤두세우고 있었다.

"콩나물을 잘 먹는다."

"샌들 뒤축을 구겨 신는다."

"왼쪽 귓바퀴에 점이 있다."

"달리기를 잘하지만, 멀리서 신호등 불이 바뀌었을 때는 귀찮아하며 건너지 않는다."

"오른쪽 가슴이 왼쪽 가슴보다 더 크다."

"……."

아버지가 자기가 이겼다며 만족스러운 표정을 지었다. 나는 땀으로 흥건히 젖어 졸도할 것 같았다. 금방이라도 어머니가 나타나 "이런 한심한 남자들!" 하며 아버지와 나의 어깨를 꼬집을 것 같은 생각이 들었다.

내기에 건 것은 식혜 한 잔이었다. 탈의실로 나오니 지예로부터 부재중 전화가 와 있었다. 나는 얼른 통화 버튼을 눌렀지만 지예는 전화를 받지 않았다.

10. 5

지예를 만나 커피숍에 갔다. 별말 없이 홍차를 마시다가, 시시콜콜한 이야기를 나누다가 별것 아닌 것으로 몇 차례 다툰 뒤 집으로 돌아왔다. 이야기를 나누는 내내, 간지러운 곳은 따로 있는데 계속 엄한 곳만 긁어대는 듯한 기분이 들었다. 아주 만약에라도 헤어지게 된다면, 전화나 문자를 통해 이별을 통보받기보다는 차라리 직접 만나서 이야기를 들었으면 좋겠다. 뭐랄까, 좀 복고풍 이별이긴 하지만 클래식한 멋이 있다고나 할까.

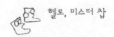 헬로, 미스터 찹

솔직히 말하자면 전화를 통해 헤어짐을 맞기는 좀 두렵다.

우울한 기분을 달래기 위해 인터넷 사이트들을 돌아다니며 눈에 띄는 경품 응모 행사에 전부 참여했다. 찹은 거북 모양이 그려진 카펫에 당첨되면 좋겠다고 말했다.

10. 6

삼촌과 달배 씨, 체리가 우리 집에 모였다. 빨갛고 동그라며 탱글탱글한 체리를 연상한 삼촌은 처음 체리를 마주하고 잠시 움찔한 듯 보였으나, 그 애에게 금방 익숙해졌다. 체리는 삼촌을 '변태 패션 아저씨'라 부르고 삼촌은 그 애를 '건방진 꼬마 날라리'라고 부르지만 서로를 나쁘게 생각하는 것 같진 않았다. 오므라이스를 먹었는데, 내가 계란 위에 케첩을 뿌려주자 체리가 못처럼 우뚝 경직된 채 케첩병이 움직이는 대로 시선을 따라 움직였다. 나도 모르게 체리와 내가 만난다면 몇 살의 나이 차이를 극복한 커플이 될까, 계산해보다가 스스로를 질타하며 그만두었다. 생각만으로도 범죄다!

삼촌이 옷장을 열어 작은 사이즈의 의류들을 체리에게 입혀보았다. 체리는 나무껍질처럼 우툴두툴한 재질의 원피스를 바닥에 질질 끌며 거실을 뛰어다녔다. 삼촌은 체리가 다 듣어지지 않아서 그렇지 무척 사랑스러운 아이라고 말했다.

지예에게서 전화가 걸려왔는데 체리가 나를 미는 바람에 핸드폰이 싱크대 물속에 빠졌다. 희미한 액정 위에 뜬 번호를 더듬어 집전화로 다시 전화를 걸었지만 지예는 "지금은 좀 바쁘니까 나중에 이야기하자"라며 금방 전화를 끊어버렸다.

삼촌은 지금 내 침대 위에 잠들어 있다. 달배 씨는 체리를 데려다 주러 갔다. 부엌과 거실이 끔찍하게 어질러져 있다. 이럴 때마다 나는 만일 이사를 간다면 아무도 찾아오지 못할 만큼 외지고 구석진 곳에 집을 구해야겠다고 생각하곤 한다.

10. 7

지예가 우리 사이가 권태기에 접어들었음을 인정했다. 나는 "권태기에는 권투를 해야 하나"라는 머저리 같은 농담을 내뱉어 분위기를 최악으로 만들었다. 참 스타일의 농담을

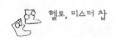

시도하다니 내가 어리석었다. 지예는 우리에게 시간이 필요하다고 했다. 시간은 부루마블 게임에 들어 있는 황금열쇠와도 같다. 가끔은 도움이 되는 해결사 역할을 하기도 하지만 모든 것을 아예 원점으로 되돌려버리거나, 더 악화시키는 효과 또한 랜덤으로 제공한다.

쿨하게 기다려야 하는데 나는 전화를 걸어볼까, 열 번도 더 핸드폰을 들었다 놓기를 반복했다.

10. 8

강씨 아줌마가 아파서 일을 못 나왔다. 사장은 하루 종일 기운이 없어 보였다. 아줌마에게 문안 전화를 넣었는데, 수화기 너머로 노래방 반주 음악 소리가 들려왔다. 아줌마는 사장이 괜히 엄살을 부리며 과장한 것이라고 예의 그 호탕한 웃음을 웃어댔다.

사장은 머지않아 강씨 아줌마에게 프로포즈를 할 예정이란다. 만일 결혼하게 되면 죽 가게 간판에 아줌마의 캐리커처를 새겨 넣을 생각이라고 했다.

집으로 돌아오는 길에 서점에 들러 『맥심』이라는 잡지를 샀다. 이번 호에는 신인 레이싱걸 특집 인터뷰 기사가 실려 있었다. 며칠간 다소 침체되어 있던 몸 안의 붉은 피들이 우르르 몰려 내달리는 듯했다.

참은 잡지에 나온 레이싱걸들처럼 가슴이 큰 여자는 별로라고 했다. 자기는 '나는 소녀'처럼 청순하면서도 섹시함으로의 발전 가능성을 지닌 오묘한 매력의 가수가 좋다고 했다. 내가 보기에는 볼에 솜털도 사라지지 않은 어린애들에 불과한데.

10. 9

선배가 군대에서 휴가를 나왔다. 선배 두 명과 동기 한 명과 함께 술을 마셨다. 우리는 선배가 군복무를 하며 모은 월급으로 실컷 소주를 마셨다. 가게 밖으로 나왔을 때는 밤하늘에 뜬 넙적한 달이 서너 개로 보일 만큼 취해 있었다.

선배가 다 함께 장안동의 안마방에 가자고 했다. 입대하기 전에 두 차례 가본 적이 있다고 했다. 우리는 흥겨운 분위기에 취해 "가자, 정복하자!"라는 구호를 지어 외치며 택시에 올라탔다. 그러나 장안동에 채 닿기도 전에 우리는 택

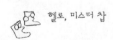

시에서 던져지듯 내려야 했다. 친구가 속에 든 것을 게워냈기 때문이다.

우리는 안마방에 가는 대신 해장국집에 모여 선배의 경험 후기를 경청했다. 선배의 표현이 거창해서 그렇지 알맹이만 따지고 보면 보통 여자애들하고 자는 것과 별반 다를 것이 없는 듯했다. 그러고 보면 한창 물이 오른 20대에 돈씩이나 주고 여자와 잔다는 것은 여간 자존심 상하는 일이 아니다. 우리는 선지해장국으로 속을 풀었다. 어두웠던 하늘 위로 새벽빛이 여자애들 속옷처럼 얇게 덮이고 있었다. 우리는 버스 정거장에 서서 새벽에 출근, 혹은 등교하는 여자들의 머리카락에서 풍기는 향긋한 샴푸 냄새를 소리 죽여 킁킁거렸다.

가끔은 원초적인 본능에 따라 자기감정에 충실해지는 것도 스트레스 해소에 효과적이다. '이러면 안 되지', '이건 저질이야' 등의 정상인다운 자제력을 양말짝처럼 벗어 던지고, 생각하고 싶은 대로 생각해버리고 나면 기분이 상쾌해진다.

참, 그러고 보니 지예 일이 있었지. 모르겠다. 지금 같아서는 그까짓 거 별거 아닌 것 같기도 하다.

10. 10

수업에 못 나가서 친구에게 대리 출석을 부탁했다. 자고 일어나니 머리가 지끈거린다. 찹이 꿀물을 타 주었지만, 너무 달아서 반도 못 마셨다. 속이 너무 쓰려서, 꼭 누군가 내 위장 속에서 폭죽놀이를 하고 있는 듯한 기분이다.

맨정신으로 돌아오고 나니, 그 전보다 몇 배는 더 지예가 보고 싶다. 밥은 먹었느냐고 자연스럽게 문자를 보냈지만 답장이 오지 않았다. 지금은 못생긴 푸들의 꼬리털을 다듬어주거나 돼지 같은 고양이에게 예방주사를 놓아주느라 바쁜 모양이라고 스스로를 위로했다.

달배 씨에게서 전화가 왔다. 체리네 할아버지가 완치되지 않은 다리로 일을 나갔다가 오토바이에 치였다고 했다. 입원한 곳은 예전의 그 병원이란다. 나는 두통 때문에 이야기를 귀 기울여 듣지 못하고 대충 고개를 끄덕였다. 달배 씨가 오토바이 운전자가 불법 외국인 노동자여서 별다른 합의도 불가능하게 되었다고 혀를 찼다. 수술은 잘되었지만 몸 상태로 보아 다시 일을 시작하기 어려울 거라고도 했다. 일단 체리네 학교 학생들이 그 애 할아버지를 위해 모금운동

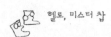

을 시작하기로 했단다. 달배 씨가 자신은 후원금을 끌어오는 데 주력하고 있다며 내게 체리를 위로해달라고 부탁했다. 찹은 당장 체리를 만나러 가자고 졸라대지만 나는 이대로 바퀴 달린 무언가를 탔다가는 속이 뒤집힐 것 같다. 내일 수업 마치면 찾아가봐야지. 선물이라도 사 들고 가서 다독여주는 게 좋을 텐데, 뭐가 좋을까?

10. 11

다시는 여자를 믿지 않겠다. 그 누구도, 절대, 결코!

10. 12

체리의 할아버지는 생각보다 상태가 심각했다. 나는 체리의 비상식량으로 통조림세트를 사 갔다. 체리는 비운의 여주인공처럼 입술을 깨문 채 우수에 젖은 표정을 짓고 있었다. 나는 그 애가 실컷 울음을 터뜨릴 때까지 위로를 해주거나 도움을 주지 않겠다고 마음먹었다. 사람은 슬픔을 표현하는 법도 배워야 하니까. 그러지 않으면 슬픔이 결국 냄새

나는 이불처럼 가슴속에 한 장 한 장 빼곡히 쌓여 본인을 질식시키고 말 것이다.

겨울 재킷을 사 주겠다고 나를 불러낸 아버지가 '여자를 회유하는 법'에 대한 강의를 늘어놓았다. 하지만 도통 신용을 할 수가 없다. 아버지는 어머니를 잡는 데 실패했으니까. 나는 농담 식으로 그렇게 대꾸했는데, 아버지는 정말 울적해 보였다. 집에 돌아갈 때까지 별말을 하지 않았고, 심지어는 내가 심심풀이로, 산적들이나 입고 다닐 법한 털 재킷을 걸쳐보았을 때도 비웃기는커녕 "뭐, 괜찮네"라고 중얼거렸다.

오랜만에 전화를 걸어온 유리는 혀를 끌끌 찼다. 그 애가 내일 함께 학교 앞 사주카페에 가서 타로 점을 보자고 했다. 자기는 요즘 레모네이드처럼 신 것이 당긴다고도 했다. 나는 삼십 분가량 유리의 결혼 준비 이야기를 들어야 했다. 전화를 끊고 나니 몸이 물오징어처럼 축 늘어졌다.

10. 13

"결정의 기로에 서 있다. 무엇을 택하든, 본인의 결정에 순응하게 될 것이다. 상대방 여자에게는 휴식이 필요하다. 당

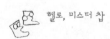

신의 지난날 과오를 인정해라. 위장 쪽의 건강을 조심할 것.”

집시에게 점성술을 배웠다는 중년의 여자가 타로 점을 봐
주었다. 나는 여자의 머리카락에 매달려 있는 부엉이 모양
의 장식이 눈에 거슬렸다. 타로 카드는 애매하게 해석될 뿐,
역시ㅏ 속 시원한 답을 던져주지 않았다.

삼촌과 달배 씨가 중대 결정을 했다며 체리 할아버지가
입원해 있는 병원으로 나를 불렀다. 둘은(정확히 말해, 삼촌
은) 체리를 입양하기로 마음먹었다고 했다. 당장 공식적인
절차를 밟을 수는 없겠지만, 물질 및 정신적으로 체리를 후
원하겠다고 말했다. 체리가 나를 빤히 쳐다봤다. 나는 목에
깁스를 하고 누워 있는 체리 할아버지를 보았다. 머리카락
이 한 줌밖에 남지 않은 그가 눈을 부라리며 나에게 “뭐여,
다친 사람 처음 봐?”라고 소리쳤다. 나는 움칠 물러섰다. 입
이 트이자 그는 내뱉는 말이 전부 욕이었다. 삼촌은 뭐가 즐
거운지 할아버지가 욕지거리를 내뱉을 때마다 배를 쥐며 웃
어댔다. 나는 체리가 어째서 감정 표현이 삐딱한지 이해할
수 있을 것 같았다.

그런데 ‘정신 빠진 할망구 궁둥이에 붙은 똥딱지 같은 놈’
이란 욕은 대체 무슨 뜻일까.

10. 14

지예와 만났다. 그 애는 내가 자기에 대해 전혀 알고 싶어 하지 않는다고 말했다. 자기가 아닌 누가 그 자리에 있더라 도 나는 별 차이를 느끼지 못하고 연애를 했을 거라고 했다. 나에겐 여자가 필요할 뿐이지 자기가 필요한 것은 아닌 듯 하다고도 했다.

나는 어쩐지 화가 났지만 응대할 말이 떠오르지 않았다. 정확히 말하자면, 괜히 맞받아쳤다가 더 상황을 악화시키지 는 않을까 싶어 조심스러웠다. 술 냄새를 풍기며 실컷 화를 내던 지예가 미끄럼틀 밑으로 달려가 토했다. 나는 그 애의 등을 두드려주며 하늘을 올려다봤다. 달이 언젠가와 같은 자리에 덩그러니 떠 있었다. 지예가 손등으로 입가를 스윽 닦으며 트림을 했다.

집에 돌아오자 챱이 팬티에 발가락양말만 신은 채 거실을 활보하고 있었다. 나는 대체 발가락양말을 어디서 구했느냐 고 물었다. 챱은 일전에 아버지가 두고 간 것을 빨아서 신어 봤는데, 이건 길이 남을 만한 인류의 발명품이라고 감탄했 다. 발이 작은 챱에게 발가락 양말이란, 양말이 아닌 물갈퀴

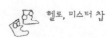

처럼 보였다. 강아지가 찹의 꽁무니를 졸졸 쫓아다니며, 늘어나서 툭 튀어나온 뒤꿈치를 물고 장난쳤다.

나는 처음으로 소파에 드러누운 채 담배를 피웠다. 찹은 흡연 구역이 확장되었다고 기뻐하며 강아지의 등에 올라탄 채로 함께 담배를 피웠다. 우리는 부연 연기가 구름처럼 떠다니는 거실에서 게으른 천사들처럼 허우적거렸다.

10. 15

윤식이와 나는 인생에 안개처럼 드리워져 있는 칙칙한 연애사를 걷어차보기로 했다. 마침 윤식이도 유부녀에게 나흘째 연락을 무시당하고 있었다. 우리는 게임방에서 두 시간 동안 채팅 작업을 한 결과, 오늘 저녁 만나자는 여자애들을 구했다. 얘기로만 들었지 실제로 채팅 상대를 만나보는 것은 처음이라 심장이 마치 소쿠리에 건져놓은 광어처럼 펄떡거렸다.

여자애들이 합정역 근처에 산다고 하여 신촌에서 만났다. 화장이 진하긴 했지만, 기대했던 것보다 예쁘고 늘씬했다. 나는 긴 생머리 여자애와, 윤식이는 웨이브를 넣은 단발머리 여자애와 짝이 되었다. 여자애가 나에게 영화배우 조승우를 닮았다고 했다. 나는 그 애에게 제시카 알바를 닮았다고 했다. 우리는 여자애의 제안대로 각종 술을 전부 섞어 폭탄주를 만들어 마셨다. 유리잔을 두드려대며 게임을 하기도 했다. 나는 너무 취해서 입이 저려올 정도였다. 무겁게 내려앉는 눈꺼풀을 애써 올리며 여자애에게 무슨 말을 한참 중얼거렸는데, 그 애가 귀찮다는 듯 "방금 했던 얘기잖아. 좀 닥치고 있을 수 없냐?"라고 말했던 것 같기도 하다. 속이 메슥거려 화장실로 향하던 중에 가게 바닥에 두 번쯤 토했다. 나무늘보를 닮은 가게 아르바이트생이 대걸레를 질질 끌고 오며 "해물탕도 드셨군요. 여기 그거 맛없는데" 하고 중얼거렸다.

눈을 떴을 때는 새벽 4시가 가까운 시간이었다. 낯선 천장이 눈에 들어왔다. 여관방의 퀴퀴한 냄새가 코끝에 닿았다. 나는 윤식이에게 전화를 걸기 위해 핸드폰을 찾았지만, 없었다. 핸드폰뿐 아니라 가방과 새로 산 재킷, 운동화, 청바지 뒷주머니에 꽂아두었던 지갑도 사라졌다. 머리맡에 풀어놓았던 시계는 만 원 주고 산 명품 짝퉁인데 그것마저도 가져갔다.

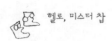 헬로, 미스터 찹

남은 것은 벨트를 쑥 빼 가고 마지못해 남겨둔 청바지뿐이었다. 그건 무릎 부분에 토사물이 묻어 있었기 때문이리라.

나를 데리러 온 삼촌이 "역시 여자는 무서운 존재"라고 고개를 설레설레 저었다. 윤식이가 전화를 걸어 자신은 그나마 걸치고 있던 팬티 한 장을 제외하고는 전부 쓰리를 당했다고 했다. 우리는 어이가 없어서 한참 동안 웃었다.

10. 16

그러고 보니 지예의 전화번호를 모른다. 늘 핸드폰에 저장되어 있는 이름으로 연락을 했기 때문에, 번호를 외운 적이 없다. 난감했다. 나는 수업을 마치고 동물병원 근처에서 서성이다가 지예를 불러내지 않고 그냥 돌아왔다. 우리의 관계에 대해 생각할 시간이 필요한 것은 지예뿐만이 아닌지도 모른다.

12개월 할부로 핸드폰을 새로 사고, 동사무소에서 주민등록증 재발급을 신청했다.

삼촌이 체리에게 옷과 학용품을 사 주었다. 체리는 삼촌의 안목이 형편없긴 하지만 일단 성의를 봐서 받아두겠다고 했다. 삼촌은 진심으로 고마워했다. 벌써 체리에게 길들여졌다니! 참은 체리와 내가 사촌지간이 된 것이나 마찬가지이니 이제 이룰 수 없는 사랑이 되었다고 슬퍼했다.

10. 17

신검을 받고 왔다. 1급이다. 맙소사! 군대라니! 이보다 더 우울할 순 없을 거다.

10. 18

아버지가 부산으로 출장을 갔다. 홈쇼핑으로 꽃게장을 주문해준 모양인지 아버지 이름으로 주문된 게장이 배달되었다. 참과 함께 꽃게장에 밥을 비벼 먹고 있는데 누군가 벨을 눌렀다.

앞집에 새로 이사 온 사람이었다. 눈썹이 진하고 검은 뿔테 안경을 쓴 뚱뚱한 남자는 러닝 바람이었다. 그가 두둑한 뱃살을 흔들며 초코파이 상자를 내밀었다.

"앞집에 이사 왔습니다. 혼자 살아요. 잘 부탁합니다."

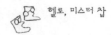 헬로, 미스터 참

나는 얼떨결에 초코파이를 받아 들었다. 그가 나를 쳐다보더니 누런 이를 드러내며 씨익 웃었다. 나도 모르게 움칠하며 한 발짝 물러섰다. 어쩐지 오타쿠 같은 인상이다. 그런 건 느낌으로 알 수 있는 거다. 게다가 떡도 아닌 초코파이라니.

지예의 페이스북에 들어갔다가 충격적인 사진을 발견했다. 모 영화 녹화 현장에 놀러 갔다가 남자 탤런트와 함께 찍은 사진이었다. 물론 나는 8등신의 모델 출신 남자 탤런트를 질투하는 등의 치기 어린 감정은 품지 않는다. 문제는 사진의 배경이었다. 두 사람만 남겨두고 뒤쪽 배경을 포토샵으로 색칠해놓았는데, 가만히 보니까 그 속에 웬 낯선 놈의 얼굴이 있었다. 그 녀석은 지예와 유독 친한 이성 친구다. 나는 그 녀석의 페이스북을 찾아 들어가, 지예와 함께 찍은 사진이 더 없는지, 지예가 남겨놓은 글이 없는지 샅샅이 뒤졌다.

"처량하군."

뒤를 돌아보니, 참과 강아지가 가엾다는 눈으로 나를 바라보고 있었다.

10. 19

여자의 마음이란 참으로 알 수 없는 것이다. 오늘 지예와 만나서 대화를 나누었는데, 내가 어제 사진을 보고 질투했다는 얘기를 털어놓자 그 애는 몹시 만족해했다. 그러고는 이번 주 토요일에 오랜만에 동물원에 가서 더 많은 대화를 나누어보자고 했다. 그리고 그때까지 나의 감정에 대해 좀 더 솔직하게 털어놓을 준비를 해 오라는 것이다. 이거 참, 복잡하고 혼란스럽기 짝이 없다.

10. 20

앞집 남자와 엘리베이터에 함께 탔다. 때 이르게 걸친 남자의 코트 밖으로 의미심장한 붉은 리본 자락이 삐져나와 있었다. 뿐 아니라 주머니에서는 분명 인형의 머리카락이라고밖에는 생각되지 않는 금발의 윤기 나는 털이 흘러나와 있었다. 남자가 주머니에 손을 넣고 무언가를 계속 만지작거렸다. 가끔씩 혼자 히죽거리기도 했다. 엘리베이터가 멈추자, 코트 앞섶을 단단히 여민 남자가 내게 고갯짓으로 인사

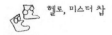 헬로, 미스터 챱

를 해 보인 뒤 앞서 집으로 들어갔다.

설마 진짜 오타쿠는 아니겠지. 고정관념을 깨자. 삼촌도 화장을 하고 쫄바지를 입고 다니지만, 남들이 흔히 오해하듯 변태는 아니지 않은가!

10. 21

아버지가 전화를 걸어왔다. 아버지는 "난 지금 부산 밤바다 앞에서 광어와 우럭 회를 먹었다. 조개탕에 해삼도 먹었는데, 부럽냐?" 하고 킬킬 웃더니 전화를 끊었다. 뭐지?

10. 22

아르바이트를 쉬고 찾아간 동물원은 추웠다. 북극곰은 뭍에 드러누워 헤드스핀을 하듯 빙글빙글 돌며 오줌을 누었다. 동물원 하늘에는 각종 새들이 자유로이 퍼덕퍼덕 날아다녔다. 지예가 호랑이 우리 앞에서 즐거워하며 사진을 찍었지만, 늙은 호랑이는 귀찮다는 듯 팔뚝살을 출렁이며 안쪽으로 들어가버렸다. '동물과 친해져요'라는 표지판이 붙은

곳에는 양이며 염소들과 함께 어우러져 놀 수 있는 공간이
마련되어 있었다. 사육사가 억지로 내 손을 양의 풍성한 털
속에 밀어 넣었다. 내 손이 온갖 먼지와 정체를 알 수 없는
까만 덩어리들이 덕지덕지 붙어 있는 양의 털 속에 잠수했
다가 나왔다. 양이 '어때, 무섭지?' 하는 눈빛으로 나를 올려
다보았다. 양을 피해 옆쪽으로 가자, 함부로 풀어놓은 닭들
이 내 정강이를 향해 달려들었다. 나는 원래 조류를 무서워
하는 편이다. 쥐나 벌레보다 조류의 눈과 부리가 더 무섭다.
지예는 그 사실을 알고 매우 즐거워하며 독수리, 타조, 앵무
새 따위의 우리로 나를 끌고 다녔다. 코끼리 우리는 그나마
봐줄 만했다. 거대한 코끼리들이 폭포 같은 오줌을 쏟아내
고, 산사태가 일어나듯 똥을 누었는데 그 모습이 아주 듬직
하고 마음에 들었다.

"앞으로는 나한테 더 많은 질문을 해줘."

지예가 속삭이듯 말했다. 그러고는 달아나듯 원숭이 우리
를 향해 달려갔다. '나 잡아 봐라' 하는 80년대 영화 속의 한
장면 같았는데, 다른 게 있다면 내가 민망함을 무릅쓰고 뒤
쫓아 달려가다가 발이 엉켜 고꾸라졌다는 것이다. 관계에
대해 대화를 하자던 지예가 정작 진지하게 한 이야기는 그

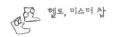 헬로, 미스터 참

게 전부였다.

어린 원숭이들이 내 손에 들려 있던 찐 감자를 낚아채 갔다. 순간 무언가에 손등을 긁혔는데, 피는 안 나지만 살갗이 하얗게 일어났다. 설마 이상한 병이 옮은 건 아니겠지.

10. 23

날씨가 쌀쌀해지자 죽 가게에 손님이 늘었다. 강씨 아줌마는 카운터에 앉아 텔레비전을 보고, 사장은 주방에서 조개를 다듬었다. 나는 사장이 이용당하고 있다는 생각을 품고 돌아서기라도 하면 어떻게 하나 걱정하였으나 조갯살을 자르는 그의 얼굴은 천국에 100년쯤 절였다가 꺼낸 듯 행복감에 젖어 있었다.

오늘 저녁에는 달력을 보다가 문득, 인생이란 무엇일까 하는 생각을 했다. 리포트가 다섯 개나 밀려 있기 때문에 이런 생각을 한 것은 아니다. 나는 인생에 대해 생각하며 두 시간 정도 컴퓨터 게임을 했다.

지예와 참이 부엌에서 레몬케이크를 만들겠다며 우당탕 탕거렸다. 한참이 지나 이상하도록 조용하길래 밖을 내다보았더니 둘은 레몬케이크 만들기를 때려치우고는 레몬 팩을 만들어 얼굴 위에 얹고 있었다. 지예가 참과 같은 시어머니가 있다면 열 번도 더 결혼할 수 있을 거라고 말했다.

그러고 보니 유리의 결혼식도 얼마 남지 않았다. 이렇게 빠르게 시간이 흐르다 보면 정신을 차렸을 때는 어느새 내가 환갑잔치에서 마이크를 잡고 가곡을 부르고 있을지도 모른다.

나는 의미 있게 산다는 것에 대해 잠깐 생각을 하다가 그만두었다. 살고 있다는 것 자체가 의미 있는 것이라는 생각이 들었기 때문이다. '의미 있게'보다는 '즐겁게' 사는 방법을 연구하는 편이 나을 것 같다.

10. 24

교양심리학 리포트를 위해 몇 가지를 정리해보았다.

• 내가 두려워하는 것: 높은 장소, 가난, 병, 주변 사람의 죽음, 짐을 들어달라고 눈치를 주는 할머니, 죽을 지저분하게 먹는 손님, F 학점, 군대.

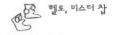 헬로, 미스터 찹

- 내가 좋아하는 것: 여가 시간, 여자친구와의 데이트, 맛있는 음식, 월급, 술자리, 컴퓨터 게임, 목욕을 마치고 나와 마시는 캔 맥주, 올리비아 허시, 중국어 초급회화 강의, 그리고······ 교양심리학 수업.

- 자신의 역할모델 혹은 멘토라 생각하는 존재: 없음.

- 인생관: 즐겁게 살자.

- 그 인생관을 실천하기 위해 어떠한 노력을 하고 있나: 매 순간을 중요시하며 산다.

여기까지 정리하고 보니, 이 내용만으로 세 장의 리포트를 쓸 수 있을는지 매우 난감해졌다. 가장 어려운 것은 '나를 가장 잘 표현할 수 있는 한 문장'을 만드는 것인데, 솔직히 문장 한 개로 나를 나타낸다는 것이 말이 되느냔 말이다. 이에 대해서 나는 "한 문장으로는 부족하다"라고 답하기로 했다.

10. 25

삼촌이 체리 같은 양딸을 얻는 것은 매우 기분 좋은 일이
지만, 체리의 할아버지 같은 양아버지가 생긴다는 것은 정
말이지 끔찍한 일이라고 했다. 체리의 할아버지는 삼촌을
마음껏 부려먹는다. 체리를 맡아주는 사람에 대한 고마움이
나 미안함 따위는 전혀 없다. 달배 씨는 아직 입원 중인 할
아버지의 수발을 하는 것을 보람차게 생각하고 있다. 삼촌
이 달배 씨를 봐서 체리의 할아버지에게 봉사하는 것이라
고, 거의 울상을 지으며 말했다.

체리는 삼촌의 도움을 받아 미술학원에 다니고 있다. 삼
촌이 만든 옷들을 보면 도저히 유치해서 봐줄 수가 없으므
로, 미술을 배운 뒤에 자기가 직접 더 나은 디자인을 만들어
보겠다고 했다.

아버지가 "내가 사는 동네는 너무 지겹구나. 그쪽 아파트
로 집을 알아볼까 싶다"라고 끔찍한 발언을 했다. 나는 아버
지와 어느 정도의 거리를 유지하고 싶다. 분명 어머니도 그
렇게 생각할 것이다.

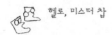
헬로, 미스터 챱

10. 26

교양심리학 교수님이 나를 불렀다. 교수님은 "한 문장으로 스스로를 표현할 수 없다는 대답이 무척 신선했다네"라고 칭찬했다. 그러고는 "한 문장 대신 자신을 가장 잘 표현할 수 있는 글을 두 장 이상 써서 제출하도록 하게나" 하고 말했다.

모두가 '예'라고 대답할 때 혼자 당당하게 '아니요'를 외친 사람 따위는 세상에서 전혀 긍정적인 대접을 받지 못하는구나. 유리는 자신에 대해 두 장 이상의 리포트를 쓸 기회를 얻은 것은 오히려 좋은 게 아니냐며 나를 격려했다. 그 애는 크림 스파게티와 치킨 샐러드, 토마토 베이컨 등을 혼자 깨끗하게 먹어치울 정도로 식욕이 왕성해졌다. 게다가 담배를 피우는 대신 박하맛 사탕을 먹는다. 유리는 요즘 모성애라는 것에 생각해보고 있다고 했다.

10. 27

지예가 내 핸드폰을 봤다. 문자 메시지며 통화 기록을 살펴보고는, 유리와 연락하며 지내는 것에 대해 심하게 화를 냈다. 그 애는 내가 유리를 만났다는 사실보다 그것을 자기에게 말하지 않았다는 점이 더 열 받는다고 했다. 나는 지예의 그런 태도가 성가셨다. 그럼 내가 하루에 오줌을 몇 번 누는지, 코딱지는 파는지 안 파는지에 대해서도 보고해야 하는 거냐고 소리쳤다. 나는 연애를 한다는 이유로 여자친구와 함께 모든 사실과 경험을 공유해야 한다고 생각하지는 않는다. 그러나 지예는 그런 것이 바로 사랑이라고 생각하는 것 같다. 우리는 잠시 동안 침묵을 지키며 사이다를 마셨다. 그러나 이내 불안을 이기지 못한 내가 먼저 사과하고 말았다.

집에 돌아와 샤워를 하며, 지예가 다른 여자들과 마찬가지로 구속과 집착이 심하고 잔소리가 많은 타입이 아닌가 생각했다.

찹은 내가 너무 배가 불렀다며, 「40살까지 못 해본 남자」라는 영화를 추천했다. 그는 내가 여자를 좀 더 포용할 필요가 있다고 했다. 적어도 남자 쪽에서 그렇게 하는 편이 남들 보기에 좋으며, 함께 연애를 하기에도 편하다는 것이었다.

10. 28

아버지가 정말 내가 사는 아파트로 이사 올 생각인 것 같다. 집을 알아봤단다. 나는 아파트를 팔고 원룸으로 옮겨 갈까 생각해봤니. 그러나 잠과 강아지가 반대를 하는 바람에 (강아지는 거실 바닥에 머리를 찧으며 자해하는 것으로 의견을 표했다) 그냥 생각에 그치고 말았다.

내가 이사를 생각하는 데는 앞집 남자의 영향도 크다. 매일 밤 울음과 웃음 소리가 교차해서 들려온다. 다중인격자가 아닌가 싶어 무서울 정도다. 출근하는 모습도 본 적이 없다. 도대체 뭐 하는 사람일까.

그나저나 이틀 후면 지예의 생일이다. 나에게 있어 가장 어려운 일 중 하나가 누군가의 생일 선물을 고르는 것이다. 뭘 준비해야 좋아할까.

10. 29

앞집 남자는 작가였다. 그가 나와 친하게 지내고 싶다고 말했다. 그가 밤 12시 30분쯤 현관문을 두드려서, 직접 무쳤다고 나눠 준 골뱅이는 심하게 짰다. 그는 자신의 이마를 손바닥으로 탕, 튕기며 "시간 개념이 없어서 지금이 한밤중인 줄 몰랐어요"라고 말했다. 그는 "지금 시간이 내게는 한낮이에요!"라며 미스터 빈처럼 눈을 크게 뜨고 이를 드러내며 웃었다. 나는 남자의 새끼손톱에 칠해진 분홍색 매니큐어를 보고 말았다.

"빈 그릇에 꼭 먹을 걸 담아서 돌려줄 필요 없어요. 그냥 그릇만 돌려줘도 됩니다."

남자가 내 어깨를 툭툭 두드리며 말했다. 아파트에 담임 선생님이 있다면, 나는 손을 번쩍 들고 외치고 싶다.

"앞집 사람 자리 좀 바꿔주세요."

10. 30

지예의 생일파티를 했다. 나는 선물로 푸들 모양 귀걸이를 샀다. 찹은 지예에게 전해주라며 치즈케이크를 만들어주었다. 생일축하 카드를 쓸까 말까 고민하다가 간단하게 썼다. 우리는 커피숍에서 케이크를 자르고, 동네 호프집에서 지예의 친구들과 함께 술자리 파티를 가졌다. 호프집에서

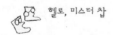 헬로, 미스터 찹

생일축하 음악을 틀어주었다.

　지예의 친구 중 한 명이 내게 "지예가 일본에 가고 나면 아쉬워서 어떡해요"라고 말했다. 나는 귀를 의심했다. 지예가 친구에게 조용히 하라는 눈치를 보냈지만, 그 애는 지예가 12월에 오사카로 유학 갈 준비를 하고 있다는 사실까지 털어놓았다.

　생맥주 거품이 넘쳐 흘러내렸다. 나는 눈처럼 흰 거품을 바라보며 멍해졌다.

10. 31

　오늘 앞집 남자가 우리 집에 두 시간 동안이나 앉아 있었다. 내가 샤워를 하고 밥을 먹는 동안에도 그는 소파에 앉아서 찹과 이야기를 나누었다. 그는 쿨렁쿨렁거리며 웃는데, 그때마다 볼살이 출렁거린다. 남자가 언제든 찹과 함께 자기 집에 놀러 오라고 했다. 그러고는 자기가 취미 활동으로 만든 것인데 써보라며 아로마 비누를 놓고 갔다.

　"곧 얘기하려고 했어."

　지예가 미안한 표정을 지으며 말했다. 연수 기간은 6개월이라고 한다. 지예가 내게 반드시 기다려달라고 말하지는 않겠다고 했다. 나는 할 말이 없어서 가만히 있었다. 저녁의 놀이터에 길고양이들이 어슬렁거렸다. 나는 돌멩이를 집어 길고양이 쪽으로 던졌는데, 후다닥 도망갔던 고양이가 이내 세 마리의 무리를 이끌고 다시 나타났다. 나와 지예는 집으로 도망쳤다.

최선을 다하지 않는 것,
당신이 두려워해야 할 것은 오직 그뿐이다.

−앤드류 카네기

11.1

하루 종일 면 종류만 먹었다. 아침엔 국수, 점심엔 라면,
저녁엔 우동.

11.2

고등학교 동창이자 같은 대학교에 다니는 인수가 함께
UCC 공모전에 나가보자고 제안했다. 캔 커피 광고 UCC를

찍을 예정이라고 한다. 최고 상금이 300만 원이란다. 나는 지금도 물론 바쁘지만, 지예에 관한 일을 잊을 수 있도록 좀 더 바빠질 필요가 있기에 승낙했다.

동영상의 주 테마는 '사랑과 우정 사이'라고 한다.

11. 3

윤식이는 혼란스러워하고 있다. 유부녀의 딸이 윤식이를 찾아왔다는 것이다. 고등학생인 그 애는 "그쪽이 우리 엄마를 좋아하고 있다는 걸 알아. 당장 포기하지 않으면 머리칼을 쥐어뜯어버리겠어"라고 말했단다. 교복을 줄여 입고 눈썹을 도깨비처럼 밀어버린 그 여자애가 금방이라도 덤벼들 듯한 기세로 윤식이를 쳐다보다가 다시 피곤하다는 듯 말을 이었단다.

"그쪽 말고도 내가 지금 처리해야 할 사람들이 많으니까, 신입답게 찍소리 말고 떨어져줬으면 좋겠어."

패닉 상태에 빠진 윤식이가 비틀거리며 일어나려고 하자, 여자애가 씹고 있던 껌으로 커다란 풍선을 만들며 윤식이를 향해 한마디 툭 던졌다고 한다.

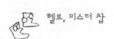

"세숫대야가 꽤 귀여운데, 나는 어때?"

버스를 타고 돌아오며, 윤식이는 군대에 가기로 결심했단다.

11.4

아버지가 다음 주 토요일에 이사를 한다. 아버지의 거주지는 나와 같은 동, 11층이다. 찹은 앞으로 아버지를 졸라 맛있는 음식을 많이 주문해 먹을 수 있겠다며 즐거워했다. 강아지도 말은 못 하지만 기뻐하는 듯 보였다. 그도 그럴 것이, 아버지는 개 껌과 개 통조림을 자주 사다가 줌으로써 강아지를 완벽하게 포섭해두었던 것이다.

지예가 푸들 귀걸이를 하고 나왔다. 우리는 점점 추워지는 날씨와 새로 시작한 일일드라마, 모 영화배우의 스캔들, 요즘 인터넷에서 유행하는 썰렁한 개그에 대해 이야기했다. 지예가 말해준 개그에 실없이 웃어대던 나는 문득, 지예가 없다면 무척 외로울 거라는 생각이 들었다.

11. 5

죽 가게 사장과 강씨 아줌마가 내년 봄에 결혼식을 올릴 예정이란다. 강씨 아줌마는 자기가 키우는 똥개 3세 프리드리히가 사장의 집에 기거하는 샴 고양이 순자와 마찰을 일으키지 않을까 걱정한다. 사장은 다른 것은 다 이해할 수 있지만 순자만은 갖다 버릴 수 없다고 강렬히 저항 중이라 했다. 아줌마는 귀찮다는 표정으로 귀를 긁적였다.

광고 공모전 UCC의 콘티를 짜는 모임에 참가했다. 팀원은 나와 인수 외에 여자애 한 명과 한 살 많은 형까지 네 명이다. 나는 여자애와 함께 배우로 발탁되었다. 요즘 이마에 성인 여드름이 나기 시작해서 카메라 앞에 서기가 곤란하다고 말했지만 아무도 귀 기울이지 않았다.

앞집 남자는 분명 오타쿠다. 그가 내다 버린 폐휴지 중에서 실물 사이즈 만화 캐릭터 인형 상자를 발견했다. 그는 대체 그 인형으로 무얼 하는 걸까? 설마 끌어안고 자거나 앞에 두고 이상한 짓을 벌이는 것은 아니겠지. 텔레비전에서 보니까 머리카락을 땋아주고 목욕을 시키기도 한다던데. 혹시 식탁 앞에 앉혀두고 함께 밥을 먹거나 목욕까지 같이 하는

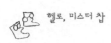
헬로, 미스터 찹

거 아니야?

오늘 저녁 메뉴로 참이 묵은지 감자탕을 끓였다. 어머니가 담근 마지막 김치를 꺼내 만든 것이었다. 나는 울적해졌지만 화를 내는 대신 음식을 맛있게 먹었다.

11. 6

두 시간째 인터넷 쇼핑 중이다. 괜찮은 옷을 입는 건 기분 좋은 일이지만 괜찮은 옷을 고르는 건 번거롭다. 모두들 검은색 트레이닝복만 입고 다녀야 한다는 법이 생겼으면 좋겠다. 자주 세탁할 일도 없고 좋을 텐데.

11. 7

앞집 남자가 친필 사인을 한 책을 줬다. 작년에 출판한 저서라고 했다. 『미키 마우스와 소녀들』이라는 제목의 소설책으로, 꽤 두꺼웠다. 미키 마우스 가면을 쓴 남자 주인공이 어린 소녀들을 납치해 감금하는데, 후에는 그 소녀들이 전부 쥐가 되어버린다는 이해할 수 없는 내용이었다. 남자 주인공이 사랑에 빠지게 된 한 소녀에게 "나는 지구의 온갖 하수구 속에서 뛰어다니고 있는 쥐들의 수만큼 너를 사랑해"라고 고백하는 대목을 나는 두 차례 더 읽어보았다. 남자는 가장 존경하는 작가가 사드이며 그의 영향을 많이 받았다고 했다.

참은 그의 소설이 세기의 위대한 작품이라고 떠들어댔다. 참이 소파 위를 방방 뛰어다니다가, 그럼 그 많은 쥐들에게 나눠 줄 치즈 값은 어떻게 충당하느냐고 소리쳤다. 사다 놓은 맥주병이 전부 비어 있는 것을 보아하니 분명 점심때 반찬으로 먹고 남은 오징어무침과 함께 맥주를 잔뜩 마셔댄 모양이었다.

강아지가 자기 몸을 볼링공 삼아 거실을 굴러다니며, 맥주병들을 이리저리 쓰러뜨렸다. 땅콩 껍질이 묻은 몸으로 뛰어다니는 강아지를 붙들어 화장실에 가두었다. 철벅, 소리가 들려 화장실 문을 열어보니 변기에 빠진 강아지가 허우적거리며 짖어대고 있었다. 강아지의 꼬리를 잡고 투포환처럼 돌려버리고 싶은 걸 참았다.

강아지를 목욕시키고 나오니, 참은 손에 리모컨을 쥔 채 잠들어 있었다. 나는 참을 바닥에 데굴데굴 굴려버릴까 생각하다가 그만두고 방으로 옮겨놓았다. 드라이어로 털을 말

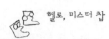

려주고 나자 강아지도 금방 잠이 들었다. 나는 어질러진 거
실을 치우고 컵라면을 먹었다.

11. 8

오늘은 지예가 일을 쉬었다. 강의가 끝난 뒤 지예에게 학
교 구경을 시켜주었다. 윤식이, 지예와 함께 학관에서 점심
을 먹었다. 메뉴는 순두부찌개였는데, 오늘따라 바지락에 돌
이 많았다. 내가 잠깐 화장실에 다녀온 사이 윤식이와 지예
가 함께 핸드폰으로 셀프카메라를 찍고 있었다. 나도 모르게
질투심이 타오르는 것을 느껴 영화를 보러 가자고 지예를 끌
었다. 윤식이가 심술을 부리는 나는 바다에 10년쯤 빠져 있
다가 건져진 퉁퉁 붉은 곰탱이 인형을 닮았다고 말했다.

지예가 얼른 일본으로 가 공부를 시작하고 싶다고 했다.
그리고 보면 6개월은 그리 긴 시간이 아닐 수도 있다. 반년,
대략 180일, 4320시간, 25만 9200분. 뭐, 그까짓 거. 지예가
내 다크서클이 너무 심해졌다고 했다. 남자도 스무 살 넘어
서부터는 색소 침착과 노화 방지를 위해 피부 관리를 할 필
요가 있다고 한다. 그러지 않으면 60대 이후에 피부가 늘어

난 팬티 고무줄처럼 흘러내린다나.

11. 9

새벽 2시. UCC 촬영을 마쳤다. 컨셉은 이렇다. 배경은 겨울, 남자가 입대를 앞두고 머리칼을 짧게 밀고 나타난다. 대학 동기로 사랑과 우정 사이에서 어중간한 관계를 유지하던 여자가 남자의 머리를 비웃으며 놀리고 장난을 치다가 둘은 갑자기 울적하고 씁쓸한 분위기가 된다. 그때 남자가 선물 상자를 내밀고, 여자가 뚜껑을 열자 그 안에서 캔 커피 한 개가 나온다. 둘은 서로를 '잘 안다, 편안하다'는 듯한 풋풋한 미소를 짓는다. 그리고 우정에서 사랑으로 발전했다는 뉘앙스로, 함께 손을 잡고 걷는다.

나는 "머리칼을 짧게 밀고"라는 설정을 보고 뒤로 자빠질 뻔했다. 그러나 최고 300만 원이라는 상금 앞에서, '짧은 머리도 한 번쯤 괜찮겠지' 하고 생각이 바뀌었다. 촬영은 생각보다 금방 끝났다. 여자애는 만약 자기 남자친구가 선물 상자 안에 캔 커피 따위를 넣어서 선물한다면, 이별을 고려해 보겠다고 말했다. 그 애는 촬영이 끝나자마자 차갑게 식은 캔 커피를 원샷 했다. 뭐랄까, 무서운 여자애다.

머리가 어색하다. 앞으로 머리 감는 데 드는 시간이 단축되겠군.

11.10

삼촌과 달배 씨와 함께 노래방에 갔다. 삼촌은 끔찍할 정도로 음치다. 둘이 듀엣 곡을 불렀는데, 노래를 잘하는 달배 씨가 삼촌의 당나귀 울음 같은 목소리에 화음을 맞춰주는 것을 듣고 있으니, 사랑이란 참 쉽지 않은 것이구나 하는 생각이 들었다.

삼촌네 집에 가서 중국 음식을 시켜 먹었다. 탕수육과 짜장, 짬뽕을 시켰는데 삼촌이 마일리지 스티커가 한 장밖에 오지 않았다며 배달부를 윽박질렀다. 파마를 새로 해서 웨이브가 더 강렬해진 삼촌은 점점 중고생 자녀를 둔 40대 아줌마가 되어가는 것 같다.

11.11

이번 주말은 매우 바빠질 예정이다. 죽 가게 정기 휴일임에도 불구하고 말이다. 내일은 아버지가 이사하는 날이므로, 마주치지 않도록 아주 먼 곳으로 놀러 가버려야 한다. 날도 추운데 어디서 뭘 하며 시간을 보내지. 게다가 모레는 유리의 결혼식이다.

선배들과 저녁을 먹고 돌아왔는데 집이 조용했다. 찹과 강아지가 사라졌다. 잠시 후 현관문 밖이 시끌시끌하더니 둘이 앞집 남자네 집에서 나와 집으로 돌아왔다. 찹은 가발이 붙어 있는 여자 가면을 쓰고 있었다. 강아지는 일회용 염색약으로 등 부분의 털을 핑크색으로 물들여서 마치 오렌지족 강아지처럼 변해버렸다. 찹은 기회가 된다면 앞집 남자의 집에 꼭 한번 놀러 가보라고 권했다. 인생에 좋은 경험이 될 거란다.

11.12

아버지가 이사 왔다. 나는 집에 없는 척하려고 늦게까지 핸드폰도 받지 않은 채 침대에서 뒹굴거리고 있었다. 그러

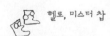

나 초인종이 울리자마자 찹이 마스크와 장갑을 착용하고 이 삿짐 정리를 도우러 뛰어나갔다. 이삿짐센터에서 대강의 정리와 청소는 끝내주었다.

나는 아버지가 서재로 쓸 방을 정리하기로 했다 책꽂이 가장자리를 닦다가 앨범을 발견했다. 앨범에는 젊을 적의 어머니와 함께 찍은 아버지의 사진들이 꽂혀 있었다. 버섯, 혹은 바가지를 연상시키는 아버지의 머리와 구름 덩어리를 머리에 얹은 듯 파마머리를 부풀린 어머니는 심히 낯설었다. 나는 이유를 알 수 없는 질투를 느꼈는데, 두 사람이 솔직히 잘 어울려 보였기 때문이다. 가장 마음에 드는 사진은 놀이공원의 분수대에 나자빠진 아버지를 보며 어머니가 배를 쥐고 웃고 있는 것이었다. 오래된 사진이지만 그 순간의 눈부신 햇빛이라든가 분수대에서 하얗게 튀는 물방울이 느껴지는 것 같아서 나도 모르게 손으로 사진을 쓸어보았다.

둘은 행복해 보였다. 그런데 어머니는 왜 계속 아버지와 함께 살지 않았을까? 만일 아버지가 어렸을 때부터 내 곁에 있었다면 우리는 어떤 가족이 되었을까? 그랬다면 어머니가 죽지 않았을까, 하는 생각에 빠졌다가 이내 앨범을 덮어버렸다.

나는 우울한 감상에 빠지는 것을 조심하고 있다. 그것은 건강에 안 좋기 때문이다.

11. 13

학교 동기 몇과 함께 유리의 결혼식에 다녀왔다. 유리는 여자친구가 없는 편이다. 대신 예상을 훨씬 뛰어넘는 숫자의 남자애들이 유리 측 친구로 나타났다. 그중에는 농구부 주장도 섞여 있었다. 유리의 신랑은 평범한(너무 흔해서 어쩐지 친숙하게까지 느껴지는) 외모의 남자였다. 그는 사회자가 시키는 대로 만세 삼창을 하고 유리를 안아 올렸다. 부케를 잡은 손을 번쩍 든 유리는 무척 유쾌해 보였다. 그 성스러운 결혼식의 순간에, 나는 '저 남자도 유리와 했겠지'라는 생각이 들었다. 하객석에 레고 인형처럼 줄줄이 앉아 있는 숱한 남자애들 역시 그러한 생각을 하고 있지 않을까 싶었다.

유리와 그 애의 신랑이 퇴장할 때는 묘한 기분이 들었다. 친구가 결혼을 하다니. 화장실에 손을 씻으러 갔다가 좌변기 칸 안에서 누군가 울고 있는 소리를 들었다. 잠시 후 눈

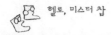

이 빨개진 채로 나온 것은 농구부 주장이었다.

피로연 음식은 해산물이 주를 이루는 뷔페였다. 나는 머스터드 소스로 양념을 한 홍합을 보며 참이 왔다면 순식간에 전부 먹어치웠을 거라는 생각을 했다. 누군가 등을 후려쳐서 돌아보니, 옷을 갈아입고 온 유리였다. 신부 화장을 한 그 애는 나보다 다섯 살은 많아 보였지만, 얼굴이 온통 가루분으로 반짝여서 예쁘긴 했다. 유리가 내 짧은 머리가 무척 섹시하다고 속삭이고는 깔깔거리며 웃었다. 유리가 한때 나와 서로 좋아하며 사귄 사람이었다는 생각을 하자 마음이 물큰해졌다. 이런 걸 두고 청승이라고 하나. 신혼여행을 방학으로 미루었다니 내일이면 또 학교에서 볼 수 있는데 마치 친구를 멀리 떠나보내는 기분이다. 아주 약간의 질투와 함께.

유리가 환하게 웃으며 하객으로 온 남자친구들에게 인사를 건넸다. 어떤 녀석은 음식을 먹다 사레들려 속이 찢어질 듯 기침을 해댔다. 그 모습을 본 다른 녀석들은 음식을 아주 꼭꼭 씹어 먹기 시작했다.

집으로 돌아오는 길에 지예에게 전화를 했다. 지예는 결혼은 서른 살이 넘어서 하고 싶다고 했다. 나는 갑자기 지예가 보고 싶어져서 집 앞으로 찾아갔다. 그 애는 후드 점퍼를 걸치고 슬리퍼를 끌며 나왔다. 우리는 잠깐 끌어안고 있었다.

11. 14

새벽녘부터 아버지가 현관문을 두드렸다. 밥통이 망가져서 아침밥을 먹을 수가 없다고 했다. 참이 곯아떨어져 있었기 때문에 내가 대충 샌드위치를 만들어 주었다. 아버지는 신문을 보며 지구의 온난화 현상에 대해 이야기했다. 나는 피부가 허옇게 텄다. 수면부족 때문이리라.

11. 15

소파 위에 육포가 있길래 맥주와 함께 먹었다. 다 먹고 나자 참이 예전에 지예가 놓고 간 강아지의 간식이라고 했다. 강아지가 배신자를 보는 듯한 눈빛으로 나를 쳐다보았다. 나는 두 차례 양치를 하고 삼십 분 동안 누워 있었다. 기분이 찝찝한 이유는, 그것이 정말 맛있다고 느꼈기 때문이다.

아버지가 오늘 아침에도 찾아왔다. 매일 아침 단잠을 방

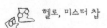

해받지 않으려면 무슨 조취를 취할 필요가 있다.

11. 16

윤식이의 입대 날짜가 나왔다. 다음 달 5일이라고 한다. 녀석은 유부녀를 만나 이제 모든 것을 정리하고 멀리 떠나 당신을 잊겠다고 말했다고 한다. 혹시라도 유부녀가 커피숍 안에서 울고불고 자신을 붙잡지 않을까 걱정을 했지만 다행히 그런 일은 없었단다. 그녀는 시계를 들여다보며 "요즘 우리 집 고양이가 소화 불량에 걸렸는데, 뭘 먹이면 좋을까?" 하고 물었단다. 윤식이가 씁쓸한 표정을 짓자, 유부녀가 "다들 가는 건데, 뭘" 하며 "나는 남자가 머리 짧은 건 별로더라" 라고 덧붙였다고 한다.

윤식이는 이제껏 열정적인 사랑을 했고 그 순간이 즐거웠기 때문에 후회는 하지 않는다고 말했다. 그렇지만 지금 네 시간째 우리 집 거실에 퍼질러 앉아, 편의점에서 사 온 싸구려 양주를 마시며 울고 있다. 참이 깡총거리며 그 앞을 뛰어다녔지만 녀석은 너무 취해서 난쟁이의 존재를 못 알아보는 것 같았다.

11. 17

4박 5일가량의 오사카 여행에 대해 알아보았다. 오사카성이 있고 교토와 가깝단다. 청룡 라멘집은 꼭 들르는 것이 좋으며 저렴한 회전초밥집이 많다고 한다. 나는 월급을 모아놓은 통장의 잔액을 확인해보았다. 꼭 필요한 곳 외에는 사용하지 않았으므로 돈이 꽤 쌓여 있었다.

11. 18

아버지가 어머니를 모셔놓은 납골당에 나와 함께 가보고 싶다고 말했다. 뿐 아니라 아버지의 부모들에게도 나를 보여주고 싶다고 했다. 맙소사, 방심했다가는 정말 가족 행세를 하기 시작할지도 모른다. 나는 미친 듯이 어머니가 보고 싶지만, 아직까지 납골당에 찾아갈 용기는 나지 않는다. 지금 이대로 찾아가서 어머니의 유골함을 확인하고 나면 또 분명 패닉 상태에 빠져 우울해하며 허우적거릴 테니까. 어머니의 부재를 어느 정도 받아들이고 마음의 안정을 찾은 뒤 납골당에 가는 편이 나을 것이다. 물론 아버지와 함께는

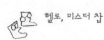 헬로, 미스터 찹

아니다.

11. 19

아르바이트를 마치고 돌아오는 길에 찹에게 전화가 왔다. 강아지가 죽었다는 것이다! 나는 거위 같은 울음소리를 내는 찹을 달래고 번개와 같은 속도로 집을 향해 달려갔다. 강아지는 눈을 허옇게 뒤집은 채 소파 위에 널브러져 있었다.

동물병원에 데려가 주사를 맞혔다. 강아지는 과식을 하여 급성 위염에 걸렸다고 한다. 원장이 당분간은 병원에서 내주는 가루형 사료를 물에 개어 먹이라고 말했다. 강아지가 부끄러워하는 듯한 눈으로 나를 보며 월월, 짖었다. 찹은 강아지의 간식들을 전부 내가 먹어치우는 게 좋겠다며 나의 책상 위에 가져다 두었다.

나는 지예에게 겨울방학 오사카 여행에 대해 이야기했다. 지예는 뛸 듯이 기뻐했지만 이내 진지한 표정을 지으며, 자기 때문에 무리를 하는 거라면 굳이 그러지 않아도 된다고 했다. 그래서 나는 "그게 아니라 게이샤를 구경하고 초밥을 먹기 위해서야"라고 말했다. 지예가 내 어깨를 때리며 큰 소리로 웃었다. 집에 돌아와서 보니 벌겋게 자국이 남아 있었다.

11. 20

체리의 미술학원에서 전시회를 열었다. 나는 지예와 함께 작은 꽃다발을 들고 대학로의 전시회장에 찾아갔다. 삼촌과 달배 씨가 해괴한 옷을 입고 전시회장을 지키고 서서 마치 미술학원 원장처럼 사람들을 맞이하고 있었다. 게다가 체리에게 꽃바구니까지 사다 안겼는데, 체리는 되도록 사람들 눈에 띄지 않는 곳에 그것을 갖다 두려고 애쓰는 것처럼 보였다. 체리가 그린 것은 「이상한 옷장」이라는 그림이었는데, 자세히 보지 않아도 삼촌의 작업실 드레스룸을 그렸다는 사실을 알 수 있었다. 그림 아래 미술학원 선생이 달아놓은 작품평을 보았다.

"아방가르드한 표현에 소질이 있으며, 자신의 의식을 상징적으로 표현할 줄 안다. 특히 보통 상상력으로는 생각해 내기 어려운 특이한 의상들을 통해 자신의 내면 의식을 드러낸 것은 나이에 비해 상당히 성숙한 기교미를 보여준 것이라 할 수 있다."

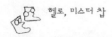

전시회가 끝난 뒤 고깃집으로 몰려가 삼촌이 쏘는 갈비를 먹었다. 체리는 못 본 사이 살이 좀 찐 것 같았다. 볼살이 포동포동해진 그 애는 전보다는 조금 덜 심술 맞아 보였다. 체리는 '이제 언니에게 모든 것을 일임하겠다'는 표정으로 지예와 내가 붙어 있는 모습을 흐뭇한 표정으로 쳐다보았다.

나는 참이 떠올라서 1인분을 포장해서 들고 왔다.

11. 21

새벽녘, 눈이 내렸다. 참과 함께 뛰쳐나가 눈발 사이를 뛰어다녔다. 그러나 십 분도 채 못 되어 눈송이가 빗물로 바뀐 탓에 우리는 비명을 지르며 다시 집으로 뛰어 들어와야 했다.

게다가 학교 가는 길에는 운동화가 새서 발이 빗물에 흠뻑 젖어 얼어버리고 말았다. 유리가 비가 와서 학교에 나올 수 없다며, 내게 대리 출석을 부탁했다. 배 속의 아이를 놀라게 하는 일은 절대 할 수 없다는 것이었다. 유리의 목소리 뒤로 플레이스테이션 게임의 배경음이 들리는 것 같았다.

지금 나는 전기난로 앞에 앉아 이불을 뒤집어쓴 채 일기를 쓰고 있다. 열이 나는 것 같다. 참이 아버지에게 몸살 감기약을 사다 달라고 전화했다.

11. 22

감기약을 먹고 온종일 잤다. 서너 번 높은 곳에서 떨어지
는 꿈을 꾸고 소스라치게 놀라 깼다. 지예가 죽 가게에 가서
내가 좋아하는 야채죽을 사다 주었다. 참이 지예가 사 온 오
렌지를 갈아 주었지만 목이 부어서 먹을 수가 없었다. 그러
고 보니 나는 예전부터 겨울이 되면 심하게 앓곤 했다. 몸속
의 시계란 정말이지 속일 수가 없는가 보다.

나는 아프다고 계속 투덜거렸다. 그러나 참이 부엌에서
"뜨거운 우유에 보드카를 좀 타서 먹이면 잠자코 기절해버
릴 텐데"라고 중얼거리는 소리를 듣고 이내 입을 다물었다.
지예는 내가 잠들 때까지 침대 옆에 앉아 있었다. 나는 막
졸음이 쏟아지는 순간 기를 쓰고 눈꺼풀을 들어 내가 아직
잠들지 않았다는 것을 알려주었다. 그럴 때마다 지예는 들
여다보고 있던 일본어 책에서 눈을 돌려, 내 이불을 반듯이
고쳐 덮어주었다. 나는 널찍하고 부드러운 연어에 덮인 초
밥이 된 기분으로 기분 좋게 다시 눈을 감았다.

늦은 밤, 가위에 눌려 신음하며 눈을 떴다. 강아지가 내 배 위에 올라와 걱정스러운 눈빛으로 나를 내려다보고 있었다.

11. 23

윤식이가 자기 형의 차를 끌고 왔다. 우리는 한강변을 달렸다. 나는 만리장성만큼 기다란 목도리를 둘둘 감고 조수석에 파묻혀 있었는데, 감기약 기운 때문인지 몽롱한 게 기분이 좋았다. 늘어선 가로등 불빛들과, 강 주변 건물의 불빛들이 도시의 밤 정취를 느끼게 해주었다. 우리는 차를 세워둔 채 음악을 틀어놓고 커피를 마셨다. 옆쪽에서 웬 커플이 붙어 선 채로 키스를 하는 모습이 보였다. 보통 때 같았으면 야유를 보냈을 테지만 오늘은 그런 모습조차 나쁘지 않았다.

우리는 포장마차에서 오뎅과 함께 벽돌처럼 딱딱하게 군은 떡볶이를 먹었다. 오뎅 국물은 바닷물을 퍼 끓여낸 듯 심하게 짰다. 윤식이는 군대 갈 날이 보름도 남지 않았다. 우리는 하나둘씩 이렇게 삶이 걸어오는 헤드락에 낚여 질질 끌려가고 마는 것인가.

11. 24

아버지는 앞집 남자를 알고 있었다. 아니, 그러니까 그의 소설 말이다. 무려 책까지 가지고 있었는데, 거대한 햄 덩어리 같은 그 남자에게 사인을 받더니 무척 기뻐했다. 나는 아버지에게 그가 오타쿠라는 사실을 말해주려 했으나 적절한 타이밍을 놓치고 말았다. 아버지는 그처럼 유명한 작가를 몰랐다며 나를 한심한 녀석 취급했다.

나는 인터넷에서 앞집 남자의 이름을 검색해보았다. 끔찍하게도 그는 상당히 인기 있는 소설가였다! 어쩌면 나는 시대감각이 뒤떨어진 촌스러운 젊은이일지도 모른다. 요즘 세상에는 의외로 오타쿠가 잘 먹히는 존재일지도.

11. 25

면도를 하다가 뺨을 베었다. 정말이지 한 주가 금방 지나간다. 내 머리카락도 그동안 꽤 길었다. 옷을 고르고 있는데, 택배가 도착했다. 홈쇼핑에서 배달된 샤브샤브 조리 세트였다. 나는 주문한 기억이 없었기 때문에, 이게 말로만 듣던 사

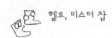

기 레퍼토리인가 싶어 바짝 긴장했다. 그러나 이내 참이 나 몰래 주문한 물건이라는 것을 알고 잠자코 받아 들였다.

참은 샤브샤브를 굉장히 좋아한다. 나는 한 번만 더 상의 없이 홈쇼핑에서 물건을 주문한다면 샤브샤브 속에 통째로 넣어버리겠다고 소리쳤다. 그러나 참은 냉장고에서 샤브샤브 재료를 꺼내느라 정신이 없었다.

저녁때 아버지가 버섯과 고기를 사 들고 찾아왔다. 아버지는 내가 겨울방학 동안 오사카 여행을 다녀오는 데에 찬성한다고 했다. 해외여행은 가볼 만하다는 것이었다. 나는 아버지의 찬성 따위에는 관심이 없었다. 다만 트렁크를 빌려줄 수 있느냐가 중요했다. 아버지는 고가의 커다랗고 세련된 트렁크를 여러 개 가지고 있다. 아버지가 가방 빌리는 것을 흔쾌히 승낙했다.

샤브샤브는 나름대로 맛있었다. 특히 쑥갓이 별미였다.

11. 26

사회 고발 프로그램에서 폭력적인 부부에 대해 다루는 것을 보았다. 서로 상습적으로 욕을 하고 폭행하면서도 결코 헤어지지 않는 이상한 부부였다. 그들은 서로를 사랑한다고 확신했으며, 싸움이 끝나고 나면 서로를 이해한다고 한숨을 내쉬었다. 보는 내가 숨이 막힐 지경이었다. 하긴, 사랑을 나누는 방식에는 상상할 수 없을 정도로 여러 종류가 있는지도 모른다. 당사자가 아닌 이상 나는 그들의 사랑에 대해서 어떤 판단도 내릴 수 없을 것이다. 굳이 주먹을 휘두르고 피를 쏟지 않아도 그들보다 폭력적인 사랑은 분명 여러 곳에 존재할 테니까.

찹이 야식으로 먹을 만두를 찌는 동안 잠깐 소파에 누워 졸았는데, 지예가 국자를 들고 나를 패는 꿈을 꾸었다. 잠에서 깬 뒤 조금 우울했다.

11. 27

저녁 무렵, 지예와 함께 옷을 사러 갔다가 중학교 때 동창을 만났다. 녀석은 당시 잘나가지 못하던 시시한 문제아로, 나랑 썩 친한 사이는 아니었다. 녀석은 쇼핑센터에서 작은 옷 가게를 운영하고 있었다. 포대 자루를 걸어놓은 듯 펑퍼짐한 티셔츠들과 무기로도 사용할 수 있을 듯 투박한 목걸

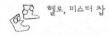

이들은 전혀 내 취향이 아니었지만 나는 옛정에 못 이겨 노란색 티셔츠 한 장을 사고 말았다. 티셔츠는 무려 내 무릎까지, 지예의 종아리까지 내려온다. 나는 지예에게 잠옷으로 입으라며 주러 했으니, 지예는 등판에 그려진 고슴도치 헤어스타일의 남자가 너무 징그러워서 입고 잤다가는 꿈자리가 사나울 것 같다며 거절했다.

녀석은 나중에 술이라도 한잔 하자며 상호가 적힌 컴퓨터 인쇄지 명함 한 장을 내밀었다.

집에 돌아오던 길에, 녀석과 내가 한때 짝꿍이었다는 사실을 기억해냈다. 그리고 녀석이 내 도시락을 몰래 가져다가 먹은 일로 코피가 터지도록 치고받고 싸운 적이 있다는 사실도.

11. 28

오늘 '영화의 이해' 수업을 들으며 곰곰이 생각에 잠겼다. 빔 프로젝트에서는 단조로운 스토리의 흑백 무성 영화가 흘러나오고 있었다.

일본 여행은 일단 보류하기로 했다.

11.29

전공 신청을 마쳤다. 나는 1지망으로 중문과를, 2지망으로 심리학과를 선택했다.

11.30

지예가 단골손님의 부탁으로 잡종 고양이를 이틀간 돌보는 아르바이트를 하게 되었다. 그 애는 가게에 출근해야 해서 시간이 없으므로 참에게 고양이 돌보는 일을 부탁하고 싶다고 말했다. 나는 참이 거절하길 바랐지만 그는 매우 환영하며 고양이를 돌보겠다고 말했다.

'짬'이라는 이름의 고양이는 차마 고양이라고 표현할 수 없는, 돼지 호랑이에 가까웠다. 짬은 아주 천천히 거실을 거닐다가, 미끄러지기를 세 번이나 반복한 끝에 간신히 텔레비전 위에 올라가 몸을 웅크리고 잠을 청했다. 나는 텔레비전이 망가지지 않을까 걱정이 되었다. 강아지는 짬에게 텃

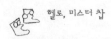

새를 부리고 싶어 하는 듯 보였으나 유감스럽게도 짬이 주로 사용하는 높은 지대의 공간들은 대부분 강아지가 발 디뎌본 적이 없는 구역이었다. 찹은 자기가 맡겠다고 자신 있게 소리쳐놓고는 고양이를 방인하고 있다!

지금 짬이 어슬렁거리며 내 주변을 맴돌고 있다. 나는 지예가 짬의 입속에 몰래카메라라도 설치해둔 것이 아닌가 싶어 녀석을 흘긋 돌아보았다. 녀석이 입을 벌리고 야옹, 하고 울었는데 무척 위협적인 소리였다. 어서 지예가 일을 마치고 돌아와 저 돼지 호랑이를 데려가주면 좋겠건만.

친구는 또 하나의 나이다.

−아리스토텔레스

12. 1

아버지가 이번 겨울방학 동안 죽 가게 아르바이트 대신 아버지가 일하는 회사에서 사무 보조 아르바이트를 해보는 게 어떻겠냐고 했다. 사무실 청소와 복사만 하면 된다고 한다. 나는 생각해보겠다고 말했다.

지예는 일본으로 떠날 준비를 하느라 바쁘다. 아파트 단지의 나무들은 이제 잎을 떨어뜨리고 완전히 헐벗었다. 저녁을 먹은 뒤 강아지를 산책시켰는데, 강아지가 매우 귀찮지만 인심 쓴다는 듯한 눈빛으로 아파트 단지를 거닐었다. 한산한 밤길을 걷고 있노라니 허전하고 울적한 기분이 들었다. 청승맞게 떠 있는 달 때문인가, 아니면 차가운 밤공기 때문인가 생각했다. 그러다 일주일 앞으로 다가온 중간고사 때문이라는 것을 깨닫자마자 강아지를 끌고 다시 집으로 들어왔다.

12. 2

삼촌의 집에 갔다가 거실에 걸린 사진을 보고 놀라 자빠지는 줄 알았다. 삼촌과 달배 씨, 체리가 함께 찍은 사진이었는데, 이상한 소재의 옷 때문에 바다표범 세 마리가 어깨동무를 하고 있는 듯 보였다. 세 사람은 서로의 이니셜이 새겨진 은 목걸이도 맞추었다. 그 셋은 가족이라기보다는 마치 우정반지를 맞추고 투닥거리기 바쁜 꼬마 여자애들 같았다.

12. 3

오늘은 윤식이와 함께 영화를 보고 수족관에 갔다. 남자

둘이 영화관에 가는 것도 우스운 그림인데 수족관까지 가려니 온몸에 뿔이 돋는 듯 민망하기 짝이 없었다. 얼마 전 윤식이가 군대 가기 전에 수족관에 가서 바다거북을 보는 것이 소원이라고 했다. 나는 동네 한의원 입구에 바다거북 박제가 걸려 있으니 가서 보라고 권해주었으나, 녀석이 굳이 나를 수족관까지 끌고 갔다.

사람이 없는 수족관은 고요해서 으스스하기까지 했다. 마치 녀석과 내가 구경거리가 되고, 수족관 속의 바다 생물들이 우리를 구경하고 있는 듯한 기분이 들었다. 바다거북이 나타나자 윤식이가 손바닥으로 수족관을 때려 바다거북을 쫓았다. 안내원이 달려와, 생물들이 놀라니 절대 그와 같은 행동은 하지 말라고 경고했다. 덩치가 커다란 남자 안내원은 마음만 먹는다면 윤식이와 나를 번쩍 쳐들어 상어가 헤엄치고 있는 수족관 속으로 던져 넣을 수도 있을 것 같았다.

우리는 돌고래 수족관 앞에서 인어쇼를 구경했다. 관객은 나와 윤식이, 그리고 노부부가 전부였다. 돌고래들과 헤엄치는 노란 머리의 인어는 '오늘 밤엔 뭘 해 먹지'라는 고민을 하고 있는 듯, 무척 무료해 보였다. 게다가 돌고래 한 마리가 엉덩이를 들이받았을 때는 신경질을 내기까지 했다.

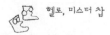 헬로, 미스터 찹

집에 돌아오는 길에 아버지에게 연락이 왔다. 아버지가 윤식이와 나에게 고기를 사주었다. 나는 입맛이 없어서 별로 먹지 않았다.

12. 4

UCC 공모전에서 은상에 입상했다는 연락을 받았다. 상금 100만 원과 강원도로의 단체 여행 기회가 제공된다고 했다. 정말 되리라고는 생각도 못 했는데! 나는 한 시간 정도 기뻐 날뛰다가 다시 책상 앞에 앉아 시험공부를 계속했다.

잠깐 졸았는데, 꿈속에서 나는 두 손을 휘저으며 행복한 얼굴로 캔 커피 밭을 뛰어다녔다.

12. 5

동기들과 모여서 윤식이 환송회를 했다. 머리를 짧게 자른 윤식이는 술을 얼마 마시지도 못하고 뻗어버렸다. 우리는 윤식이를 집에 데려다 주고 다시 술집으로 돌아와 윤식이 없는 윤식이 환송회를 했다. 마음 같아서는 내일 훈련소까지 데려다 주고 싶지만 내일모레부터 시험이라 그럴 수가 없다. 우리는 아쉽고 미안하다는 핑계로 술을 더 퍼마셨다.

12. 6

윤식이는 잘 들어갔다고 한다. 크리스마스와 연말을 훈련소에서 보낼 녀석이 참 안쓰럽다. 그런데 남의 일 같지 않게 느껴지는 건 왜일까.

발표 수업을 마치고 학교 앞 보석 가게에 들렀다. 이상한 블라우스를 입은 여자들이 녹음된 목소리처럼 "어서 오세요"라고 소리쳐서 부끄러웠다.

앞집 남자가, 젊은 사람들의 연애관에 대해 조사할 것이 있는데 협조해줄 수 있느냐고 물었다. 나는 단박에 거절했으나 참이 제멋대로 그를 집 안에 들였다. 남자는 기초한문을 공부하고 있는 내 옆의 침대에 걸터앉아, 여자는 얼마나 만나보았으며 얼마나 자주 만나며, 만나서 주로 무엇을 하는지 등의 시시한 질문을 해댔는데 어쩐지 지극히 개인적인 취미를 위해 묻고 있는 듯한 느낌이 들었다. 내가 시큰둥해하자 남자가 자기 이야기를 꺼냈다. 사실 양다리를 걸치고

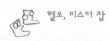

있는데, 한 명은 모델이고 한 명은 학원 강사를 하는 러시아 여자라고 했다. 모델이라 해서 코감기 약 선전을 하는 코 모델쯤 되지 않을까 했는데 놀랍게도 홈쇼핑 의류 모델이라고 했다. 남자가 지갑에서 두 여자의 사진을 꺼내 보여주었다. 나는 잠시 혼란을 느꼈다. 두 여자가 모두 인형처럼 늘씬하고 예뻤다.

오타쿠가 되어볼까 생각 중이다.

12. 7

시험은 그럭저럭 봤다. 이제 내일 철학 시험을 보고, 모레 한문 시험만 보면 된다.

12. 8

늦은 밤, 아버지가 변기가 고장 났다며 우리 집에 내려와 볼일을 보았다. 그러고는 올라갈 생각을 않고 소파에 누워 그대로 잠들어버렸다. 나는 자다가 깨어 다시 눈을 붙이지 못하고 한동안 뒤척였다. 지예에게 전화를 거니, 그 애도 아직 잠들지 않고 있었다. 우리는 삼십 분쯤 통화를 하다가 각자 잠을 청해보기로 했다.

12. 9

시험을 마치고 죽 가게에 가서 일을 그만두어야 할 것 같다고 말했다. 강씨 아줌마가 아쉬운 표정으로 나를 끌어안았다. 사장과 강씨 아줌마는 살림을 합쳤다. 사장은 좀 여윈 듯하지만 행복해 보였다. 나는 앞으로 자주 놀러 오겠다고 했다. 강씨 아줌마가 며칠 전에 담갔다는 총각김치를 플라스틱 통에 가득 담아 주었다.

집에 돌아와 참과 지예와 함께 라면을 끓여 총각김치를 곁들여 먹었다. 좀 짜긴 했지만 맛있었다.

12. 10

지예가 오사카로 떠날 날이 나흘 앞으로 다가왔다. 아쉬우면서도 어쩐지 그 애가 없는 동안의 내 모습이 어떨지 궁금해지기도 한다. 우리는 함께 지도를 들여다보며 지예가

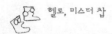

머물 곳의 위치를 찾아보았다. 지예는 무척 설레어 했다.

찹과 함께 설거지를 하며, 올해도 거의 다 갔다는 생각을 했다. 우리는 거실에 전기담요를 깔고 누워 케이블에서 하는 영화를 보며 귤을 먹었다.

12. 11

지예가 내게 펠트로 만든 방석을 선물해주었다. 미리 주는 크리스마스 선물이라고 했다. 나는 집에 들고 와서 찹과 강아지에게 자랑을 했다. 샤워를 하고 나오니 강아지가 방석 위에 몸을 말고 누워 있고, 찹이 강아지의 등 위에 대자로 누워 있었다.

나는 지예가 찹에게 주라고 한 손바닥만 한 펠트 인형과, 강아지에게 주는 뼈다귀 모양의 펠트 쿠션을 꺼내 던져주었다. 그제야 둘은 '그러면 그렇지'라는 듯 느릿느릿 자리에서 일어나 방석을 내게 돌려주었다.

아버지가 뜬금없이 새벽 2시에 인터폰을 해서, 어머니와 처음 만났던 날이 다가오고 있다고 했다.

12. 12

보석 가게에 주문한 커플링을 찾아왔다. 나는 어떻게 하면 지예에게 반지를 감동적으로 전해줄 수 있을지 고민했다. 생각 끝에 다음과 같은 계획안들이 나왔다.

- 풍선에 넣어 선물한다. 지예가 풍선을 터뜨리면 그 안에서 반지가 나올 수 있도록 준비한다.
▶ 풍선 안에 반지를 넣은 채 불다가 반지가 목구멍으로 넘어갈 위험이 있다. 또한 지예가 풍선을 터뜨릴 때 다소 불쾌감을 느낄 수 있으니 보류.

- 케이크, 혹은 와인 속에 반지를 넣는다.
▶ 알아채지 못하고 통째로 먹어버릴 우려가 있다. 설령 발견했다 치더라도 반지가 너무 끈적거릴 것이다. 먹는 것을 가지고 장난쳤다고 욕을 먹을 수 있으니 보류.

- 내가 화장실에 간 사이 피에로 인형을 시켜 선물하게 한다.
▶ 피에로가 사심을 품을 수 있으므로 보류.

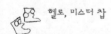 헬로, 미스터 찹

12. 13

타이밍을 놓쳐서 반지를 주지 못했다. 지예는 내일 오사카로 떠난다. 그 애가 6개월 농안 곁에 있어주지 못해서 미안하다고 했다.

참과 함께 환송회를 열어주었다. 우리는 닭 요리를 만들어 먹고, 맥주를 마셨다. 지예는 내일 아침 비행기를 타야 한다며 일찌감치 집으로 돌아갔다. 나는 지예를 바래다주었는데, 오늘처럼 헤어지기 싫은 적은 없었다. 그러나 막상 지예를 들여보내고 홀로 집으로 돌아오는 길은, 적당히 감미로울 정도로 외로워서 나쁘지 않았다.

12. 14

나는 결국 세상에서 가장 쪼다 같은 표정으로 반지를 건넸다. 지예는 반지를 보고 나를 끌어안았지만 나는 좀 더 그럴싸한 이벤트를 해주지 못한 것이 미안했다.

"잘 다녀올게."

지예가 말했다. 그 애가 탄 차가 공항을 향해 떠나가는 것을 한참 동안 바라보다가 집으로 돌아왔다. 우리가 처음 만난 날과, 그간 함께 지낸 시간들에 대해 생각했다. 길다고는 할 수 없지만 별의별 일이 많았던 시간이었다. 지예가 공항에 도착해서, 곧 비행기에 탑승할 거라며 전화를 걸었다. 그리고 자기는 가까운 일본으로 떠나는 것이지 어디 영영 돌아오지 못할 화성이나 금성 혹은 우주 밖으로 떠나는 것이 아니니 걱정하지 말라고 했다.

12. 15

찹과 함께 바다에 왔다. 점심을 먹다가 문득, "바다에 가고 싶다"라는 말이 나와서 즉흥적으로 떠나온 것이다. 바닷가를 삼십 분쯤 걸었더니 발이 시멘트 덩어리처럼 딱딱하게 얼어버렸다. 우리는 회를 먹고 파도를 바라보며 노래를 지어 불렀다. 나는 찹에게서 풍기는, 오래된 오두막 같은 냄새가 좋았다. 찹이 수염이 날아가버릴 정도로 거세게 불어오는 바닷바람 속에서 나를 향해 눈을 찡긋해 보였다. 나는 찹이 장난스럽게 웃는 모습만 보면, 그 어떤 일이 닥쳐도 '그래, 뭐 그럴 수도 있지'라는 마음을 가질 수 있을 것 같다.

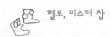 헬로, 미스터 찹

민박집 주인 할머니가 군고구마를 주었다. 우리는 동치미에 군고구마를 먹고 이불 위에서 씨름을 했다.

12. 16

집에 돌아왔다. 아버지가 내일 중요한 일이 있다며 시간을 비워두라고 했다. 강아지는 자기만 빼놓고 여행을 간 것에 대해 무척 분노한 듯하다.

12. 17

아버지가 나를 데리고 간 곳은 어머니의 납골당이었다. 그것은 명백한 납치였다!

아버지는 어머니의 사진 앞에 국화꽃 다발을 내려놓았다. 나의 기대와 달리 소리 내어 울거나 죄책감에 의식을 잃는 등의 드라마틱한 행동을 보이지는 않았다. 그냥 손끝으로 어머니의 사진이 든 액자 끝을 퉁, 하고 살짝 튕겨 보일 뿐이었다.

돌아오는 길에는 갈비탕을 먹었다. 차 안에서 한동안 잠을 자다가 깨어났을 때는 아파트 단지에 도착해 있었다.

주차장에서 올려다본 베란다가 어쩐지 조금 허전해 보였다.

집으로 돌아와 포장해 온 갈비탕을 식탁 위에 내려놓고 참을 불렀다. 집 안이 고요했다. 나는 더 큰 소리로 참의 이름을 불러댔다. 강아지가 내 발뒤꿈치를 졸졸 쫓아왔다. 방문을 열어젖히고 화장실 욕조까지 샅샅이 살펴보았으나 참은 어디에도 없었다. 참이 늘 앉아 있던 소파에는 이불이 잘 개켜져 놓여 있었다. 그제야 나는 집 안에 참의 옷도, 신발도, 칫솔을 비롯한 자잘한 물건도 남아 있지 않다는 사실을 깨달았다. 그러나 언젠가는 이런 날이 오리라는 걸 알고 있기라도 했던 것처럼 아주 슬프지는 않았다. 어쩌면 참은 누군가가 내게 보내준 선물 같은 인연이었으며, 이제는 나보다 더 그를 필요로 할 누군가를 향해 경쾌한 발걸음으로 여행을 떠났을 거라는 생각이 들었다.

베란다 창문을 열고 밖을 내다보았다. 흰 눈이 흩날리고 있었다. 강아지가 꼬리를 흔들며 내 곁에 와서 섰다. 또 무엇이 고장 났다는 핑계를 대려는지, 아버지에게서 걸려오는 것이 분명한 인터폰 소리가 집 안에 울리기 시작했다.

나는 흰 눈발에 가린 우리 집 창문 건너편의 어딘가를 향해 찹이 늘 하던 것처럼 한쪽 눈을 찡긋해 보였다.

　　진작 고맙다는 말을 해둘걸 그랬지.

　　조금 멋쩍은 후회가 들었다.

　형편이 급격히 어려워진 IMF 시절에 사춘기를 보냈다.
여러 가지 사건들에 분개할 때도 있긴 했지만 불행하다는
생각을 한 적은 없었던 것 같다. 불행에 대해 생각하게 된
것은 오히려 훨씬 나중이었다. 아무튼 그 시절엔 책 속에서
삶을 바라보는 다양한 시각을 배웠다. 당시에 받은 인상이
무척 강렬해서 후에 헌책방을 여러 곳 뒤져 몇 권씩이나 소
장하고 있는 책들이 있다. 그중 하나가 『에이드리언 몰의 비
밀일기』다. 처음 읽었을 때의 제목은 『비밀일기』였다. 일상
의 모든 심각한 사건을 외면하지 않고 진지하게 바라보는
시선이 무척 해학적이고 순수해서 재미있었다. 작가가 된다
면 한 번쯤 그 소설의 한국판 성인 버전을 써보겠다고 꿈꿨
던 때가 있었다. 건방진 이야기일지 모르나, 쓰고 나니 『비
밀일기』보다 훨씬 마음에 든다.

　지금 와서 거울을 들여다보면 몸 곳곳이 흉터며 멍투성이

다. 상처가 났을 때는 절대 새살이 돋지 않을 줄 알았고, 멍이 들 때마다 남들보다 약한 혈관을 탓했다. 내 속에서 겁 없이 터지는 폭죽들이 어쩌면 축복일 수도 있다는 걸 깨달은 지는 얼마 되지 않았다. 저마다의 기억들이 참 지독하지만 없애버리기보단 몸에 지닌 채 잊고 싶지 않은 내 삶의 무늬들이다. 앞으로도 나는 스스로의 욕망을 직시하며 살아갈 것이다.

내가 아는 사람 중 가장 예쁜 우리 엄마, 소중한 가족들에게 늘 감사드린다. 이 나이 먹고도 걱정을 끼쳐드려 죄송할 때가 많다.

슬플 때면 부끄럼 없이 울 줄 아는 나의 친구들 모두 행복해지길.

나무옆의자로 현문미디어와의 인연이 이어지게 되어 뜻깊다. 세심하게 교정을 봐주신 편집부, 더운 밤에 나와서 예쁜 사진을 찍어준 아라에게도 고마움을.

미스터 참이 그러했듯 사람은 언제든 영원히 떠날 수 있다. 남는 사람, 떠나는 쪽, 누구의 잘못도 아니다.

헬로, 미스터 찹

초판 1쇄 인쇄 2014년 8월 11일
초판 1쇄 발행 2014년 8월 18일

지은이 전아리
펴낸이 이수철
주　간 신승철
편　집 박상미
마케팅 정범용
관　리 전수연

펴낸곳 나무옆의자
출판등록 제396-2013-000037호
주소 (140-750) 서울시 용산구 한강대로 109 용성비즈텔 802호
전화 02) 790-6630~2 팩스 02) 718-5752

페이스북 www.facebook.com/namubench9
카페 cafe.naver.com/namubench
인쇄 제본 현문자현 종이 월드페이퍼

값 12,000원 ⓒ 전아리, 2014
ISBN 979-11-952602-2-5 03810

국립중앙도서관 출판시도서목록(CIP)

헬로, 미스터 찹 / 지은이: 전아리. — 서울 : 나무옆의자
2014
p. ; cm
ISBN 979-11-952602-2-5 03810 : ₩12000

한국 현대 소설[韓國現代小說]

813.7-KDC5
895.735-DDC21　　　　　　　CIP2014022356